EI

DES

DRACHEN

Gezeichnet vom Drachen Buch 2

AUCH VON RICHARD FIERCE

DRACHENREITER VON OSNEN

Probe durch Zauberei
Ein Bindung des Feuers
Aufruf der Krieger
Die Münze der Seelen
Flügel des Terrors
Augen aus Stein
Zahn und Klaue
Der Diener der Seelen
Rauchschleier
Der Schurkenreiter
Das Lied der Knochen
Klinge und Thron
Gezeiten der Dunkelheit
Zorn und Untergang
Grab der Eide

EI

DES

DRACHEN

Gezeichnet vom Drachen Buch 2

RICHARD FIERCE

IMPRESSUM

Titel: Ei des Drachen
Autor: Richard Fierce
Übersetzung: ScribeShadow
Umschlaggestaltung: Richard Fierce
Satz: Richard Fierce
Verlag: Dragonfire Press
DieOriginalausgabe erschien 2021 unter dem Egg of the Dragon
©2024 Richard Fierce
AlleRechte vorbehalten.
Autor: Richard, Fierce
73 Braswell Rd, Rockmart, GA 30153 USA,
Richard.Fierce@yahoo.com
ISBN: 979-8-89631-041-9

Dieses Buch wurde mithilfe einer Software übersetzt. Wenn Sie Fehler finden, kontaktieren Sie mich bitte und informieren Sie mich darüber.

Dragonfire Press

1

Der Drache hatte Mina seit Tagen gemieden.

Anfangs dachte sie, das Biest hätte ihren Geruch wahrnehmen können, aber nachdem sie zahlreiche Dinge getan hatte, um ihren Geruch zu verbergen, beschloss sie, dass es eine andere Möglichkeit geben musste, wie er ihr Näherkommen spürte. Vielleicht konnte er im Dunkeln besser sehen, als sie wusste. Schließlich hatte sie nachts gesucht.

Heute würde es anders sein. Sie konnte es in ihren Knochen spüren.

Mina war nach dem Frühstück aus dem Schloss geschlüpft und hatte Vhans Schwert mitgenommen. Das verdammte Ding war fast zu schwer zum Tragen, aber es gab ihr ein Gefühl der Sicherheit. Sie legte die Klinge über ihre linke Schulter und benutzte ihren eigenen Körper als Hebel. Lord Klodian war seltsam abwesend gewesen, und sie vermutete, dass es etwas mit den Kriegsgerüchten zu tun hatte, die im Schloss kursierten.

Die Dienerschaft hatte eine Art, das Gehörte zu übertreiben, aber da Klodian anscheinend abgelenkt war, verlieh es ihren Worten eine gewisse Glaubwürdigkeit. Krieg oder nicht, es hatte nichts mit Mina zu tun. Die Tatsache, dass Klodian seine Jagden eingestellt hatte, bedeutete, dass sie mehr Zeit hatte, Antworten auf die vielen Fragen zu finden, die in ihrem Kopf schwebten.

Sie ging zum Stall und stellte das Schwert ab, steckte die Spitze in den Boden und wartete darauf, dass Aram, einer der Stallburschen, ein Pferd für sie sattelte. Sie hätte in den letzten Nächten ein Pferd genommen, aber sie wollte keine Aufmerksamkeit erregen. Es gab genug Fokus auf sie mit der bedeutenden Statusänderung, die Klodian ihr gegeben hatte. Er hatte sie zu einer Beraterin ernannt, von allen Dingen. Mina schüttelte den Kopf, als sie darüber nachdachte.

»Wohin geht's, meine Dame?«, fragte Aram.

»Nur zu einem Ausritt«, antwortete Mina. »Ich bin in ein paar Stunden zurück.«

»Tempest hier sollte die Aufgabe erfüllen. Sie kann etwas stur sein, aber sie ist sanft.«

»Sie wird es gut machen. Danke.«

Aram führte eine braune Stute heraus und übergab ihr die Zügel. Das Pferd stupste Mina an, und sie strich mit der Hand über die Stirn des Pferdes, bevor sie ihm kurz hinter den Ohren kraulte. Die Stute wieherte und scharrte mit den Hufen.

»Es scheint, sie mag dich«, sagte Aram. Er reichte ihr eine kleine Tasche. »Da sind ein paar Äpfel und etwas Hafer drin. Wenn du bis nach Mittag unterwegs bist, musst du ihr etwas zu fressen geben. Sie mag es, den ganzen Tag über zu knabbern.«

»Ich werde gut auf sie aufpassen. Komm, Tempest.«

Mina zog das Schwert mit einer Hand hinter sich her und hielt mit der anderen die Zügel fest. Sie führte Tempest zum Schlosstor, schnallte dann das Schwert am Sattel fest und gab ihr Bestes, um nicht zu unbeholfen aufzusteigen. Sie war seit ihrer Zeit auf dem Bauernhof ihrer Eltern nicht mehr allein geritten, aber sie erinnerte sich gut genug an die Grundlagen. Sobald sie fest im Sattel saß, beobachtete und wartete sie.

Die Runenmeister machten ihren Morgenlauf um das Schloss, und sie wollte niemanden versehentlich überfahren. Nachdem die Nachzügler vorbeigezogen waren, presste Mina ihre Knie gegen Tempests Seiten und schnalzte mit den Zügeln. Tempest begann einen schnellen Trab, und nach einigen Momenten der Panik konnte Mina die Stute in die gewünschte Richtung lenken.

Das Gefühl der Schuppe in ihrem Bein zeigte an, dass der Drache nordöstlich des Schlosses war, in dem gleichen allgemeinen Gebiet, in dem sie gesucht hatte. Sie ritt eine halbe Stunde lang und passte Tempests Kurs leicht an, während sie voranritten. Hohe Tafelberge waren über die Landschaft verstreut, aber sie lenkte das Pferd auf einen bestimmten zu. Er war hoch und breit, aber sie konnte auf den ersten Blick keinen Höhleneingang erkennen.

»Wir reiten um den Fuß herum und sehen, ob wir einen finden können«, murmelte Mina zu sich selbst und zu Tempest.

Es dauerte fast eine Stunde, aber nachdem sie den gesamten Tafelberg umrundet hatte, runzelte Mina die Stirn. Der Drache war hier, dessen war sie sich sicher, aber es gab keine Höhle. Sie stieg ab und holte einen Apfel aus der Tasche, die Aram ihr gegeben hatte, und fütterte ihn Tempest. Das

Pferd nahm ihn in einem Bissen und kaute laut.

Mina blickte zum Tafelberg hinauf. Wenn es keine Höhle gab, dann musste der Drache oben sein. Die Vorstellung, die steile Wand hinaufzuklettern, um dorthin zu gelangen, war nicht sehr verlockend, aber welche andere Option hatte sie?

»Kann ich dir vertrauen, dass du mich hier nicht allein lässt?«, fragte sie Tempest.

Das Pferd wieherte, als ob es antworten würde, und Mina klopfte ihm auf die Schulter. Sie hatte keine Ahnung, was sie erwartete, wenn sie den Drachen endlich fand. Das Biest könnte sie leicht fressen, soweit sie wusste. Sie nahm an, dass sie ein wenig verrückt sein musste, um allein einen Drachen zu suchen, aber wenn sie Klodian auf ihre Suche mitgenommen hätte, würde er den Drachen töten und seinen Schatz beanspruchen wollen.

Zu jeder anderen Zeit hätte Mina damit keine Probleme gehabt. Aber jetzt wollte sie Antworten, was bedeutete, dass sie mit dem Drachen sprechen musste, nicht ihn töten. Mit einem Drachen sprechen. Der Gedanke schien töricht, aber nach ihrer Begegnung mit dem riesigen kupferfarbenen Biest wusste sie, dass es viel mehr über Drachen gab, was sie nicht wusste oder verstand.

Mina holte das Schwert von Tempests Sattel und trug es mit sich zur Wand des Tafelbergs. Es wurde schnell klar, dass sie es nicht tragen konnte, während sie kletterte. Die Oberfläche des Tafelbergs hatte genug Rillen, um Fuß- und Handgriffe zu finden, aber das zusätzliche Gewicht und die Unhandlichkeit des Schwertes würden sie nur behindern.

Sie seufzte schwer und stellte das Schwert ab, lehnte es gegen die Steinwand. Sie nahm eine Handvoll Erde vom Boden, rieb sie zwischen ihren Händen und begann dann, die Wand hinaufzuklettern. Ihre kleinen Finger erwiesen sich als Vorteil, und sie machte schnelle Fortschritte, bis sie das erreichte, was sie für den Halbweg hielt.

Ihre Muskeln brannten vor Anstrengung, und ihre Beine begannen zu zittern. Sie biss die Zähne gegen den Schmerz zusammen und pausierte lange genug, um vorsichtig den Schweiß von jeder ihrer Hände an ihrer Hose abzuwischen. Die Sonne stand hoch am Himmel, und ohne eine Wolke am Himmel ließ die Hitze sie an Stellen schwitzen, über die sie lieber nicht nachdenken wollte.

»Fast da«, flüsterte sie, obwohl sie wusste, dass das eine Lüge war.

Trotzdem, wenn sie es sich selbst glauben machen konnte, würde sie vielleicht nicht in den Tod stürzen. Sie atmete tief durch, versuchte sich zu beruhigen, und kletterte dann weiter. Ihr Tempo war jetzt viel langsamer, und je höher sie kletterte, desto mehr Schmerzen spürte sie in ihren Händen. Etwas Klebriges war an ihren Fingerspitzen, aber sie schaute nicht nach, um zu bestätigen, ob es Blut war.

Endlich erreichte sie die Spitze der Mesa. Mina zog sich über den Rand, kämpfte für einen Moment. Fast wäre sie rückwärts gestürzt, aber sie krallte sich verzweifelt an den Felsen fest und schaffte es, sich zu halten. Ihr Herz hämmerte in ihrer Brust und sie lag mit geschlossenen Augen auf dem Rücken, ein dünner Schutz gegen die Sonne. Nach einer langen Ruhepause rollte sie sich auf die Seite und blickte hinunter auf den weit entfernten Boden. Tempest war nichts weiter als ein winziger brauner Punkt.

Mina zwang sich auf die Füße und drehte sich um, um ihre Umgebung zu betrachten. Die Oberfläche der Mesa war breit und flach. Flecken von Wüstensträuchern, alle in stumpfem Grün, bedeckten die Oberfläche.

Die Schuppe in ihrem Bein vibrierte kräftig, aber sie konnte den Drachen nirgendwo sehen. Hatten sie die Fähigkeit, sich zu tarnen? Oder konnten sie sich vielleicht sogar vollständig unsichtbar machen?

Während sie über diese Fragen nachdachte, fiel ihr eine Bewegung auf. Mina kniff die Augen zusammen, aber es war schwer zu erkennen, was sich bewegt hatte. Sie schlich vorwärts und wischte sich Schweißtropfen von der Stirn. Als sie eine lange Reihe von Sträuchern erreichte, bemerkte sie, dass dahinter eine große Vertiefung verborgen war. Mina trat in die dornigen Büsche, deren Stacheln an ihrer Kleidung zerrten.

Die Mulde fiel sanft ab, und dort unten lag der Drache. Er lag da und sonnte sich, die Flügel ausgebreitet. Sie schluckte schwer und kämpfte gegen die Angst an, die sie zu überwältigen drohte. Endlich hatte sie ihn gefunden. Und jetzt, da er in Sichtweite war, zerfiel ihr sorgfältig ausgearbeiteter Plan in Stücke.

Was machte sie hier oben? Sie hatte einen schrecklichen Fehler gemacht. *Gesegnete Avera*, dachte Mina. *Dieses Biest wird mich sicher töten.* Sie war wie erstarrt, die Drachenangst übernahm langsam ihre Sinne.

Ihr Verstand schrie ihren Körper an, sich umzudrehen und wegzulaufen, aber ihre Muskeln gehorchten nicht – oder konnten nicht gehorchen. Ihre Lippen weigerten sich, sich zu öffnen und Luft einzulassen, und ihre Lungen schrien auf. Sie kämpfte verzweifelt gegen die Angst an und gewann, keuchend holte sie tief Luft.

Die Augen des Drachen öffneten sich schlagartig.

2

Velbridge war das Herz des Dracan-Dominions. Es war auch der Sitz der Macht für den bevorzugten Herrscher des Hochprinzen, Lord Kristofel D'Lance.

Während Caden durch die belebten Straßen der weitläufigen Stadt navigierte, staunte er über die Menge an Menschen, die der Ort beherbergen konnte. Sie drängten sich auf jeder gepflasterten Straße, ein Anblick, der ihn daran erinnerte, wie klein das Thophat im Vergleich dazu war. Händlerstände waren überall, sogar mitten auf Kreuzungen, und der Duft exotischer Speisen erfüllte die Luft und verlockte Caden, herauszufinden, ob sie so gut schmeckten, wie sie rochen.

Hinter der Stadt ragte eine Burg auf, die doppelt so groß war wie die von Lord Klodian, und ihre dunkelgrauen Mauern standen in starkem Kontrast zu all der Farbe, die die Stadt bot. Dies war sein neues Zuhause. Es fiel ihm schwer zu glauben, dass die Versetzung hierher eine Strafe sein sollte, aber seine Begeisterung wurde durch die Erinnerung an Thais' Verrat gedämpft. Hätte sie den Mund gehalten, wäre er noch im Thophat bei Mina.

Jetzt konnte er jedoch nichts mehr daran ändern, und er versuchte, nicht darüber nachzugrübeln. In seiner rechten Hand hielt er den Brief seiner Versetzung. Er hatte ihn in der Tasche mit Vorräten gefunden, die ihm Hauptmann Eduard gegeben hatte. Lord Klodians geschwungene Unterschrift stand am Ende, zusammen mit seinem offiziellen Siegel. Auf halber Strecke hatte Caden kurz erwogen, seine Träume aufzugeben und umzukehren, aber es war nur eine Idee gewesen, die aus der Wüstenhitze geboren war. Sobald er freundlichere Gefilde erreicht hatte, kehrten seine Gedanken zur Normalität zurück.

»He du«, rief ihm ein Händler zu. »Du siehst aus, als könntest du einen Drink gebrauchen. Ich hab das beste Ale in ganz Dracan. Nur hundert Silberlinge für ein volles Fass.«

Caden lächelte trotz des überhöhten Preises und ging weiter. Er war auf dem Weg zur Burg, aber die Navigation durch die überfüllten Straßen erwies sich als mühsamer, als er zunächst gedacht hatte. Er bahnte sich seinen Weg durch die Menge und kassierte dabei ein paar Ellbogenstöße in die Rippen, die seiner Meinung nach nicht zufällig waren. Schließlich fand er eine Seitenstraße, die parallel zur Hauptstraße verlief, und bog in diese ein, wodurch er sein Tempo beschleunigen konnte. Die Burg schien zu wachsen und sich zu strecken, je näher er kam, bis er sich schließlich an den Toren wiederfand.

Er reckte den Hals, um die Aussicht zu genießen. Eine Gruppe von Soldaten, die Wache standen, sah ihn gaffen und lachte. Caden räusperte sich und ging selbstbewusst auf sie zu.

»Guten Tag«, sagte er. »Ich bin gerade aus dem Thophat-Dominion versetzt worden. Kann einer von euch mir den Weg zum Hauptmann zeigen?«

»Noch eine Versetzung, hm? Scheint, als würden neuerdings alle hierher kommen. Bleibt hier, Leute. Ich bring ihn hin.«

Der Mann, der gesprochen hatte, war älter als die anderen, mit stumpfem schwarzem

Haar, das langsam silbern wurde. Er trug einen dicken Schnurrbart und sein Gesicht war von einigen Falten durchzogen. Die anderen Wachen zuckten mit den Schultern und nahmen ihr Gespräch wieder auf, und der ältere Mann führte Caden durch die Tore in den Innenhof. Er ging mit einem leichten Hinken, aber sein Tempo war zügig und Caden hatte Mühe, mit ihm Schritt zu halten.

»Wie heißt du?«

»Caden. Caden Davtyan.«

»Freut mich. Ich bin Angus. Du kommst aus dem Thophat, sagst du?«

»Ja, Sir«, antwortete Caden. »Ich bin gerade heute angekommen.«

»Ich war selbst noch nie dort, aber ich habe schreckliche Dinge von einigen der Händler gehört. Ich schätze, der Sand und die Hitze werden mit der Zeit lästig. Ist das der Grund, warum du nach Velbridge kommst?«

Caden lachte. »So in der Art.«

Er hatte den Versetzungsbrief während seiner Reise viele Male durchgelesen und ihn praktisch auswendig gelernt. Es gab keine Erwähnung seines vermuteten Verbrechens oder des Grundes für seine Versetzung.

»Willst du ein Runenmeister werden?«

»Ich bin tatsächlich schon einer.«

»Oh? Lord D'Lance hat viele, aber er sucht immer nach mehr. Vom Hochprinzen begünstigt zu werden, hat einen hohen Preis, besonders da er die Rolle des Friedenswächters spielt. All diese Lords, die denken, dass Adel ein Pisskontest ist, müssen ständig an ihren rechten Platz erinnert werden.«

»Klingt, als würde ich viele Kämpfe sehen«, sagte Caden.

»Oh, ich wette, du wirst mehr sehen, als dir lieb ist. Es verbreitet sich das Gerücht, dass irgendein Emporkömmling davon spricht, einen Krieg anzufangen.« Angus schüttelte den Kopf. »Lord D'Lance wird das unterdrücken, aber wenn der Hochprinz davon erfährt, wird die Hölle los sein.«

Trotz der Schwere dessen, was Angus sagte, war Caden aufgeregt. Sein ursprünglicher Plan war es gewesen, in ein Dominion versetzt zu werden, wo er mehr Kämpfe sehen würde, also hätte sein Glück nicht besser sein können. Jetzt musste er sich nur noch einen Namen auf dem Schlachtfeld machen, und der Reichtum würde folgen.

»Wie viel Ausbildung hast du gehabt?«

»Etwa eine Woche«, antwortete Caden verlegen. »Ich hatte geplant, vor der

Versetzung vollständig ausgebildet zu werden, aber es hat sich nicht so ergeben.«

Während sie sich unterhielten, führte Angus ihn über den Innenhof und um die Ostseite der Burg herum. Etwa dreißig Meter entfernt stand ein großes rechteckiges Gebäude. Es war aus demselben grauen Stein gebaut wie die Burg, aber die Dekoration war spärlich. Sie gingen hinein, und Caden erkannte, dass es sich um die Kaserne handelte. Wie alles andere, was er bisher gesehen hatte, stellte sie Lord Klodians in den Schatten. Es gab zwei Etagen und genug Platz, um ein paar tausend Soldaten unterzubringen.

»Ist das, wo ich untergebracht werde?«, fragte Caden.

»Ja. Dies ist die Kaserne der Runenmeister. Die Kaserne für Soldaten ohne Runen befindet sich auf der gegenüberliegenden Seite der Burg.«

»Wie viele Runenmeister hat Lord D'Lance?«

»Ich glaube, bei der letzten Zählung waren es über fünftausend.«

Cadens Augen weiteten sich vor Überraschung. »Als du sagtest, er hätte viele Runenmeister, hast du nicht übertrieben.«

»Wenn du eine Sache über das Dracan-Dominion lernen wirst, dann dass Lord D'Lance von allem das Beste hat.«

Fünftausend Runenmeister. Caden konnte sich nicht vorstellen, wie stark Lord D'Lance mit so vielen Männern zu seiner Verfügung sein konnte. War es überhaupt möglich für jemanden, die Attribute von so vielen Menschen zu nutzen? Vielleicht war seine Aufregung verfrüht gewesen. Wie sollte er sich als Soldat einen Namen machen bei so viel Konkurrenz?

»Ich nehme an, dein vorheriger Lord hat die Rune, die er dir gab, geschnitten?«

Cadens Hand ging instinktiv zu seinem Nacken und rieb über die Tätowierung.

»Nein«, antwortete er. »Hätte er das sollen?«

Angus hielt inne und drehte sich zu ihm um. »Lass es mich sehen.«

Caden gehorchte und drehte sich um. Angus zog den Kragen seines Hemdes zurück und murmelte etwas, das er nicht verstand, dann sagte er: »Eine Stärkerune. Davon gibt's in letzter Zeit nicht viele in unseren Reihen.«

»Warum nicht?«

»Wie ich schon sagte, Lord D'Lance zahlt einen hohen Preis dafür, der Favorit zu sein. Runenträger werden hier oft eingesetzt. Ohne anständige Ruhe und Zeit zum Heilen wird Burnout zum Problem. Einige können sich durchkämpfen, aber die meisten nicht.«

»Werden sie entlassen?«, fragte Caden.

»Nein. Sie sterben.«

Caden war froh, dass Angus in diesem Moment sein Gesicht nicht sehen konnte. Angus richtete seinen Kragen und ging weiter in die Kaserne hinein. Caden beeilte sich, aufzuholen, und sie stiegen eine Treppe hinauf, die zur zweiten Ebene führte. Die Anordnung war ähnlich wie auf der ersten Ebene, aber es gab einen abgetrennten Bereich mit einer Tür am anderen Ende. Angus führte ihn zur Tür, öffnete sie, bedeutete ihm einzutreten und schloss die Tür.

»Setz dich.«

Caden tat dies und setzte sich auf einen der Stühle vor einem großen Schreibtisch. Angus ging um den Tisch herum auf die andere Seite und setzte sich, verschränkte die Finger und lehnte sich nach vorn.

»Ich hoffe, du verzeihst meine List, aber wir haben viele Soldaten, die hierher versetzt werden, und die meisten von ihnen haben nicht das Zeug dazu, Lord D'Lance zu dienen.«

»*Du* bist der Hauptmann«, sagte Caden mit einem nervösen Lachen.

»Kommandant, eigentlich. Kommandant Angus Morin. Hast du dein Versetzungsschreiben dabei?«

»Jawohl, Sir.« Caden legte das Pergament auf den Schreibtisch und schob es nach vorn.

Angus nahm es auf, las es durch und legte es dann auf einen Stapel Papiere.

»Ich kann Menschen gut einschätzen, Caden. In meiner Position muss ich das. Ich kann sehen, dass du ehrgeizig bist, sonst hättest du nicht darum gebeten, ausgerechnet hierher zu kommen.«

Caden lächelte, aber er wusste, dass er nichts damit zu tun gehabt hatte, wohin er geschickt worden war. Er dachte, es würde nicht schaden, diese Information auszulassen.

»Ich mag dich«, fuhr Angus fort. »Normalerweise würde ich dich mit der nächsten Patrouille losschicken, um dich mit etwas wie der Beilegung eines Grenzstreits vertraut zu machen, aber ich habe etwas anderes im Sinn. Ich finde es merkwürdig, dass deine Rune nicht geschnitten wurde. Es trennt die magische Verbindung zwischen dir und deinem Lord, sodass eine neue Rune hinzugefügt werden kann.«

Caden ahnte, worauf das Gespräch hinauslief. Angus dachte wahrscheinlich, er sei ein Spion. Warum sonst sollte seine Rune intakt sein? Hatte Lord Klodian Eduards Verdacht geglaubt und ihn in die Dracan-Herrschaft geschickt, in der Annahme, dies sei seine wahre Heimat? Caden schluckte schwer und versuchte, seine Gefühle nicht zu zeigen.

»Es war viel los, also ist es möglich, dass Lord Klodian es vergessen hat.«

»Das ist möglich«, sagte Angus. »Ich habe das Gefühl, du denkst, das sei eine schlechte Sache. Lass mich dich jetzt beruhigen. Es ist in Ordnung.«

»Ich war ein bisschen besorgt«, gab Caden zu.

»Sei es nicht. Die Dinge könnten für dich nicht besser stehen.«

Caden entspannte sich, die unsichtbare Last auf seinen Schultern fiel von ihm ab.

»Tatsächlich denke ich, dass Lord D'Lance ein persönliches Interesse an dir haben wird.«

3

Du.

Die Stimme des Drachen hallte in Minas Kopf wider. Sie stand still, wie erstarrt. Aus irgendeinem unerfindlichen Grund hatte sie sich diese ganze Situation anders vorgestellt. Der Drache verlagerte seine Masse und schlängelte sich herum, um ihr voll zugewandt zu sein. Sein heißer Atem umhüllte sie wie die Hitze eines Feuers.

Warum verfolgst du mich? Suchst du den Tod durch die Klauen eines Drachen?

Während der Schrecken sie körperlich an Ort und Stelle fesselte, konnte Mina die Angst mental überwinden. Sie spürte eine Fülle von Emotionen, die vom Drachen ausgingen, alle miteinander verwoben. Die auffälligste war Neugierde. Sie roch süß, erinnerte Mina an Erdbeeren, mit subtilen Noten von Honig und Minze.

Du kannst *sprechen,* sagte Mina und drückte die Worte durch die Schuppe.

Alle Drachen können sprechen.

Tatsächlich? Ich habe immer gehört, dass Drachen ... Sie hielt inne, wohl wissend, dass der Drache sie wahrscheinlich entzweireißen würde, wenn sie den Satz beendete.

Dass wir dumm sind? Ich kann dir versichern, dass wir Drachen alles andere als unintelligent sind. Sag mir, Mädchen. Warum bist du gekommen?

Plötzlich verflog das Gefühl des Grauens, das sie empfunden hatte. Ihre Muskeln erschlafften und sie blinzelte. Ihre Lippen waren rissig von der Hitze und dem Sand, und sie fuhr mit der Zunge darüber, aber es half wenig.

»Warum kann ich dich hören?«

Der Drache neigte seinen Kopf zur Seite, und seine Pupillen wurden zu schmalen Schlitzen.

Ich glaube, die Schuppe in deinem Bein hat damit zu tun.

»Ja schon, aber *warum?*«

Der Drache schnaubte. *Woher soll ich das wissen?*

»Die Schuppe stammt von einem Drachen, und du bist ein Drache. Ich dachte, du würdest es wissen.«

Ich weiß es nicht.

Die beiden starrten einander schweigend an, und Mina überlegte, wie verrückt das alles war. Sie sprach mit einem Drachen – einem Drachen! – und es fühlte sich normal an, als würde sie sich mit einer anderen Person unterhalten.

Ich hoffe, du bist nicht den ganzen Weg hierher gekommen, um mir eine einzige Frage zu stellen. Ich habe schon für viel weniger Menschen gefressen.

»Ich habe viele Fragen. Warum hattest du vorher Angst? In der Mesa, als du versucht hast, meinen Meis– meinen Herrn zu töten?«

Drachen fürchten nichts, erwiderte er hitzig. *Du verwechselst Gnade mit Furcht.*

»Gnade? Du und die beiden anderen Drachen seid geflohen, als hättet ihr einen Geist gesehen.«

Ich habe bereits gesprochen. Was willst du sonst noch wissen?

»Kannst du die Schuppe entfernen?«, fragte Mina.

Der Drache trat näher, seinen Kopf hinunterbeugend, bis seine Augen auf ihrer Höhe waren.

Lass mich die Schuppe sehen.

Mina öffnete den Mund, um zu protestieren, aber der Drache starrte sie finster an. Sie griff nach unten und öffnete ihre Hose, dann schob sie sie herunter, um die Schuppe zu enthüllen. Der Drache starrte sie intensiv an und richtete dann seinen Blick wieder auf ihr Gesicht.

Sie kann nicht entfernt werden.

»Warum nicht?«

Sie ist mit deinem Fleisch verschmolzen und ein Teil von dir geworden. Sie zu entfernen würde dich töten.

»Was ist mit dem Fluch? Kann er aufgehoben werden?«

Von welchem Fluch sprichst du?

»Dieses verdammte Ding erlaubt mir, die Anwesenheit von Drachen zu spüren. Und jetzt kann ich dich dadurch sprechen hören. Wie werde ich den Fluch los, wenn ich die Schuppe nicht loswerden kann?«

Der Drache zog sich zurück und setzte sich auf seine Hinterbeine, sein Schwanz peitschte hinter ihm hin und her. Mina zog ihre Hose wieder hoch.

Du bist der Grund, warum meine Brüder getötet werden. Ein Grollen ertönte in der Brust des Drachen. *Ich hatte angenommen, der Mann, der uns tötet, würde Magie benutzen, um uns zu finden, so wie er sie benutzt, um stärker und schneller zu werden. Stattdessen bist es* du.

Mina fühlte sich nicht schuldig. Sie half Klodian, weil sie glaubte, dass es ihr letztendlich helfen würde, frei zu sein. Ihr Gesicht blieb ausdruckslos, als sie zu dem Drachen aufblickte. Er ragte über ihr auf, aber seltsamerweise hatte sie keine Angst.

Ich kann deinen Hass spüren. Warum verachtest du uns so sehr?

»Was denkst du denn?« Mina klopfte auf ihr Bein. »Dieses Ding hat mein Leben ruiniert. Ich war den größten Teil meines Lebens eine Sklavin deswegen.« Sie konnte spüren, wie die Wut in ihr aufstieg.

Inwiefern ist das unsere Schuld? Hat einer meiner Art die Schuppe in dein Fleisch gezwungen?

»Nein. Ich bin in ein Nest gefallen und darauf gelandet.«

Und dafür gibst du uns die Schuld?

Der Drache versuchte, in ihren Kopf zu kommen. Sie weigerte sich, sich in dieser Sache selbst in Frage zu stellen. Die Drachen *waren* schuld. Sie hatten all ihre Probleme verursacht, ob dieser hier das akzeptieren wollte oder nicht.

»Die Schuld liegt bei einem von euch, und ich werde nicht ruhen, bis ihr alle tot seid.«

Der Drache bewegte sich blitzschnell. Seine massive Klaue packte sie von dort, wo sie stand, und schmetterte sie zu Boden, nagelte sie fest. Minas Herz hämmerte wild in ihrer Brust, und die Angst, die sie zuvor gefühlt hatte, kehrte mit voller Wucht zurück.

Du bist nichts für mich, Mädchen. Du stellst keine Bedrohung dar. Deine Worte sind wie das Heulen des Windes gegen den Berg und nichts weiter. Ich könnte dich mit wenig Aufwand zerquetschen.

»Dann tu es.«

Mina konnte nicht glauben, dass diese Worte aus ihrem Mund gekommen waren. Sie spannte sich an und erwartete, dass der Drache auf sie treten würde. Der Drache starrte sie nur schweigend an. Der Geruch einer unbekannten Emotion strömte vom Drachen aus, aber sie wusste nicht, was es war. Es roch nach einer Mischung aus Zitrone und Nelke.

Du hast keine Angst zu sterben?

»Nein.«

Dann bist du nicht wie die anderen deiner Rasse. Der Drache beugte sich hinunter und beschnupperte sie. *Wie ist dein Name?*

»Mina.«

Mina, wiederholte der Drache, und ihr Name hallte immer wieder in ihrem Kopf wider.

»Wie ist dein Name?«

Du wirst meinen Namen erfahren, sobald du mein Vertrauen verdient hast, Mädchen. Vorerst kannst du mich Copper nennen.

Copper. Sie fand den Spitznamen nicht sehr originell, angesichts seiner Farbe, aber es war besser als nichts. Sie wand sich unter dem Druck seiner Klaue, aber er ließ sie nicht los.

Im Austausch dafür, dass ich dein Leben verschone, verlange ich, dass du aufhörst, deinen Herrn zu meinen Brüdern zu führen.

»Du hast mein Leben nicht verschont«, sagte Mina. »Und ich habe dir gesagt, dass ich keine Angst vor dem Tod habe.«

Der Geruch deiner Angst sagt etwas anderes. Und ich hätte dich und dein Pferd schon lange in Flammen aufgehen lassen können, bevor du den Gipfel dieses Tafelbergs erreicht hast.

»Du wusstest, dass ich hierher komme?«

Ja.

»Warum bist du mir nicht ausgewichen, wie du es bisher getan hast?«

Deine Entschlossenheit hat mich neugierig gemacht.

»Konntest du mich riechen? Oder wie hast du gewusst, dass ich mich nähere?«

Die Kraft deiner Schuppe wirkt für einen Drachen, der weise genug ist, sie zu spüren, in beide Richtungen.

Mina hatte das vermutet, aber die Vorstellung, dass ein Drache sie spüren konnte, so wie sie Drachen spüren konnte, hatte sie beunruhigt, also hatte sie beschlossen, diese Möglichkeit zu ignorieren. Jetzt, da sie die Wahrheit kannte, fügte es ihrer Liste von Fragen nur noch mehr hinzu.

Nun, gib mir deinen Schwur.

»Lass mich zuerst aufstehen.«

Copper hob seine Klaue und Mina rollte sich weg und stand auf. Sie blickte zu dem Drachen auf und wägte ihre Möglichkeiten ab. Lord Klodian war zu beschäftigt gewesen, um auf die Jagd zu gehen, und wenn wirklich ein Krieg drohte, bezweifelte sie, dass er in nächster Zeit die Freiheit dafür haben würde. Und wenn es keinen Krieg gäbe, könnte sie ihn einfach ziellos herumführen, bis er aufgab.

»Ich werde ihn zu keinen weiteren Drachen führen«, sagte Mina. »Vorerst.«

Vorerst?

»Ich habe mehr Fragen. Solange du sie beantwortest, werde ich meinen Teil dieser Abmachung einhalten.«

Was lässt dich glauben, dass du irgendeine Macht über diese Vereinbarung hast?

Mina lächelte. »Weil Lord Klodian eines eurer Eier hat.«

4

Caden stand im Schatten einer Gasse hinter einer belebten Taverne namens *Die Schmutzige Schlange.*

Der Lärm erhobener Stimmen und Gelächter drang aus dem Lokal, ein Zeichen dafür, dass die Gäste, einschließlich seines Ziels, sich prächtig amüsierten. Angus hatte ihm den Auftrag erteilt, eine Bedrohung für Lord D'Lance zu beseitigen.

»Ich bin Soldat, kein Attentäter«, hatte Caden argumentiert.

»Ich weiß, dass ich viel von dir verlange, aber dieser Mann ist gefährlich. Er kennt dein Gesicht nicht, also kannst du dich ihm nähern, bevor er merkt, was los ist. Wenn du erfolgreich bist, werde ich das als Beweis für dein Können nehmen. Es muss schnell gehen, aber nicht öffentlich.«

»Warum kümmert sich Lord D'Lance nicht direkt darum?«

»Politik, mein Junge. Sie ist so nuanciert wie das Weben eines Wandteppichs. Lord D'Lance ist eine öffentliche Person. Er kann nicht einfach so seine Feinde töten, ohne dass es Konsequenzen hat. Solche Dinge müssen mit Fingerspitzengefühl erledigt werden.«

Caden verstand diese Dinge, was der einzige Grund war, warum er dem Job zustimmte. Er hätte einen Grenzkonflikt oder eine andere Aufgabe bevorzugt, aber es schien, als würde Angus ihm vertrauen. Da er einen gefährlichen Feind beseitigte, beschützte er im Grunde Lord D'Lances Leben. Er würde sich noch einen Namen machen.

Ein leises Pfeifen hallte durch die Gasse. Das war Cadens Zeichen. Er zog den Dolch, den Angus ihm gegeben hatte, und kauerte sich neben die Tür, die in die Küche führte. Gedämpfte Stimmen waren auf der anderen Seite zu hören. Caden umklammerte den Griff fest und bereitete sich vor. Es fühlte sich nicht richtig an, einen unbewaffneten Mann zu töten, aber er drängte diese Gefühle tief in sein Inneres. Die Tür öffnete sich und eine Gestalt trat in die Gasse.

»Joeffrey?«

»Hier drüben, Sir«, flüsterte Caden.

»Was zum Teufel machst du im Dunkeln?«

»Es ist dringend, Sir. Ich muss Ihnen etwas zeigen.«

Die Gestalt blickte sich in der Gasse um und ging dann auf Caden zu. Sobald er in Reichweite war, sprang Caden nach vorne und rammte den Dolch in den Bauch des Mannes. Es gab ein schmerzerfülltes Grunzen, aber Caden spürte kein Blut. Der Mann taumelte zurück, fluchte und trat ins Mondlicht. Er trug ein Kettenhemd unter seinem Hemd.

Caden stürzte sich auf den Mann, und die beiden krachten zu Boden. Sein Ziel war stärker als er aussah, und er schaffte es fast, Caden den Dolch zu entreißen. Caden landete schließlich auf dem Mann und lehnte sich nach vorne, sein ganzes Gewicht in die Bewegung legend. Die Klinge des Dolches schnitt durch die Hand des Mannes und drang in seinen Hals ein. Es gab einen gurgelnden Schrei und dann Stille.

Der Tod war für Caden kein Fremder, aber er hatte noch nie jemanden ermordet. Es hinterließ einen faulen Geschmack in seinem Mund und ließ ihn sich irgendwie schmutzig fühlen. Er stand auf und wartete, beobachtete, wie sich das Blut um den Mann herum sammelte, um sicherzugehen, dass er tot war. Zufrieden eilte er zum anderen Ende der Gasse und trat auf die Hauptstraße hinaus.

Die Straßen waren nicht so voll wie tagsüber, aber es waren immer noch Leute unterwegs. Die meisten von ihnen waren wahrscheinlich auf dem Weg zu und von den vielen Tavernen in Velbridge, und Caden tat sein Bestes, um sein Gesicht zu verbergen, als er an ihnen vorbeiging. Niemand wusste, was er getan hatte, aber das Schuldgefühl, das er empfand, hatte eine seltsame Art, ihn denken zu lassen, sie täten es doch. Als er zum Schloss zurückkehrte, fühlte er sich schrecklich.

Angus traf ihn an den Toren, und sie gingen wortlos zur Kaserne. Sie gingen in den zweiten Stock und in Angus' Büro, und Caden ließ sich in einen Stuhl fallen. Er fühlte sich nicht nur krank wegen seiner Taten, sondern war auch müde. Er war weniger als einen Tag in Velbridge und hatte schon Blut an seinen Händen. Im übertragenen, wenn nicht im wörtlichen Sinne. Er sah nach unten, um zu prüfen, ob Blut sichtbar war, und bemerkte, dass seine Hände zitterten.

»Ich nehme an, es ist erledigt?«, fragte Angus.

Caden nickte.

»Gut. Du hast der Herrschaft einen großen Dienst erwiesen. Lord D'Lance wird froh sein zu wissen, dass es einen Feind weniger in unserer Mitte gibt.«

»Sir, ich … ich fühle mich nicht wohl dabei. Das war keine Schlacht. Es war Mord.«

Angus setzte sich auf die Kante seines Schreibtischs und sah Caden direkt in die Augen. Er schwieg einen Moment.

»Als Soldat musst du deine Gefühle aus der Situation heraushalten. Du hast einen Auftrag erhalten und ihn ausgeführt. Das gesagt, wäre ich besorgt, wenn du keine Reue empfinden würdest. Du hast ein Leben genommen, was keine Kleinigkeit ist. Doch du hast Lord D'Lance vor einem möglichen Attentat bewahrt. Der Mann, den du getötet hast, war seit Wochen hier und wartete auf eine Gelegenheit, uns unvorbereitet zu erwischen. Er war ein Agent des Lords, von dem ich dir erzählt habe, derjenige, der einen Krieg beginnen will. Ich habe nicht übertrieben, als ich sagte, du hast einen großen Dienst erwiesen.«

Angus' Worte linderten Cadens Schuldgefühle ein wenig, aber sie ließen ihn sich nicht weniger schmutzig fühlen.

»Nimm eines der freien Betten und ruh dich aus. Arbeite deine Gefühle durch, wenn du musst, aber sei morgen früh bereit.«

»Bereit wofür?«, fragte Caden.

»Um Lord D'Lance zu treffen. Er wird froh sein, einen Stärke-Runenmann zu haben, aber wenn ich ihm erzähle, was du für die Herrschaft getan hast, erwarte ich, dass große Dinge auf dich warten werden.«

»Danke, Sir.«

Caden erhob sich von dem Stuhl und verließ das Büro. Er hatte seine Tasche mit seinen Habseligkeiten in einer leeren Truhe am Ende eines der Betten gelassen und hob den Deckel, um zu sehen, dass seine Sachen noch da waren. Zwischen seiner Reise und seiner grausamen Aufgabe fühlte er sich beschmutzt. Er nahm frische Kleidung aus seiner Tasche und zog sich um, wobei er die Sachen, die Eduard ihm gegeben hatte, auf den Boden der Truhe warf. Er hatte nicht vor, sie wieder zu tragen.

Die meisten Betten im zweiten Stock waren leer, aber hier und da entdeckte Caden schlafende Soldaten. Er kletterte auf die Pritsche und starrte an die Decke. Er hatte einen Mann ermordet. Das war schon verstörend genug, aber das Beunruhigendere war, dass es ihm nicht schwergefallen war, es zu tun. Er wollte es auf seine Bereitschaft schieben, sich zu beweisen, aber er war nicht sicher, ob das die Quelle war.

Er war immer noch wütend wegen Thais, und es fühlte sich gut an, diese Wut an jemandem auszulassen. Machte ihn das zu einem schlechten Menschen? Er hoffte nicht. Er flehte still zu jedem Gott, der zuhörte, ihm zu vergeben, dann wanderten seine Gedanken zu Mina. Er hatte nach dem Kuss nicht mit ihr sprechen können, und er fürchtete immer noch, dass er sie vielleicht verärgert hatte.

Vielleicht war er tief im Inneren wirklich ein Monster.

5

Lord Klodian hatte das Ei vor ein paar Jahren gefunden.

Es war in einem der Nester gewesen, zu denen Mina ihn geführt hatte, und er hatte das Ei mit zurück zur Burg genommen. Sie wusste nie, warum er beschlossen hatte, es mitzunehmen, aber es war nie geschlüpft. Schließlich hatten alle auf der Burg das Interesse daran verloren.

Trotzdem hatte Lord Klodian es weiterhin unter der Burg gesichert aufbewahrt. Mina wusste nicht genau, wo es sich befand, aber sie hatte eine ungefähre Vorstellung. Das einzige Problem, das sie vorhersehen konnte, war, ob er den Raum immer noch bewachen ließ.

Da Copper widerwillig zugestimmt hatte, ihr zu helfen, einen Weg zu finden, die Schuppe von ihrem Bein zu entfernen, im

Austausch für das Ei, musste sie einen Weg finden, es zu entwenden. Es war unwahrscheinlich, dass Klodian bemerken würde, dass es fehlte, bis es längst weg war, und wenn Mina frei von dem Fluch wäre, wäre sie ebenfalls längst fort.

»Meine Dame«, grüßte ein Diener, als er an ihr im Flur vorbeiging.

Sie lächelte und ging weiter zu ihrem Zimmer, Vhans Schwert gegen ihre Schulter gelehnt. Mina vermutete, dass sie mit der Waffe wie eine Närrin aussah. Es war viel zu schwer für sie, und sie bezweifelte, dass sie es richtig schwingen könnte, selbst wenn sie wollte. Trotzdem fühlte sie sich mächtig, wenn sie es trug, und in gewisser Weise betrachtete sie es als Erinnerung an Vhan. Sie konnte immer noch nicht glauben, dass der Knappe tot war.

Lord Klodian war am nächsten Tag mit einer großen Truppe von Runenleuten zum Mesa zurückgekehrt und hatte den Leichnam des Jungen geborgen, und Mina hatte mit der Menge bei seinem Scheiterhaufen gestanden, als er verbrannt wurde. Vhan war geehrt worden, aber es schien ihr, als hätten ihn alle schnell vergessen.

Sie war so in Gedanken versunken, dass sie an ihrem Zimmer vorbeilief, ohne es zu bemerken. Sie blieb am Rand einer offenen Tür stehen und wollte gerade umkehren, als sie leise sprechende Stimmen hörte.

»Er hat nicht genug Männer übrig«, sagte ein Mann. »Lord Klodian hat schon alle Hände voll zu tun, seine Domäne vor wilden Tieren zu schützen. Wie erwartet Lord D'Lance von ihm, dass er eine Armee schickt, um gegen den drohenden Krieg zu helfen?«

»Hat Lord D'Lance eine formelle Anfrage geschickt?« Es war eine Frau.

Mina erkannte ihre Stimmen nicht, aber sie wusste, dass es Adlige waren. Sonst wären sie nicht in diesem Flur.

»Noch nicht, aber er wird es sicher jeden Tag tun. Ich habe das Gefühl, Lord Klodian wird die Bitte ablehnen.«

»Ich bin mir sicher, das wird er. Er ist in letzter Zeit von der Drachenjagd besessen, und ein Krieg in einer weit entfernten Domäne hat nichts mit ihm zu tun. Er wird Lord D'Lance abweisen, und das wird unser Moment sein, zuzuschlagen.«

Mina runzelte die Stirn. Schmiedeten sie Pläne gegen Lord Klodian? Sie trat leise näher an die Tür heran und versuchte einen Blick darauf zu erhaschen, zu wem die Stimmen gehörten. Leider waren sie nicht in Sichtweite.

»Wir dürfen keine Schritte unternehmen, bis wir Nachricht erhalten. Lord Klodian wird ersetzt werden, aber es muss zum richtigen Zeitpunkt geschehen.«

»Was ist mit der Spionin? Ich traue ihr nicht. Sie ist nicht aus freien Stücken loyal. Du hast nicht von mir gehört, aber ich denke, er hat einen Fehler gemacht, sie zu schicken. Er hätte die Aufgabe jemand anderem anvertrauen sollen.«

Das Gewicht des Schwertes forderte seinen Tribut, und Mina senkte es von ihrer Schulter und versuchte, die Spitze auf den Boden zu stützen. Es kratzte über die Steine, und sie zuckte zusammen.

»Was war das?«, fragte der Mann.

Mina hörte Schritte. Sie floh in den nächsten Raum und schlüpfte hinein, in der Hoffnung, dass niemand darin war. Der Raum war leer, und sie schloss vorsichtig die Tür. Sie presste ihr Ohr gegen das Holz und lauschte angestrengt.

»Ich sehe niemanden«, sagte die Frau. »Trotzdem sollten wir das Gespräch wohl besser später fortsetzen.«

Es wurde noch mehr gesagt, aber es war gedämpft und Mina konnte die Worte nicht verstehen. Sie knirschte frustriert mit den Zähnen und wartete, bis sie nichts mehr hörte. Sie öffnete die Tür einen Spalt und sah, dass der Flur frei war. Sie eilte in ihr eigenes Zimmer und schloss die Tür ab, dann hängte sie das Schwert zurück an die Wand.

Sie hatte so viele Bedenken. Wer waren diese Leute? Und warum schmiedeten sie Pläne gegen Lord Klodian? Nach ihrem Gespräch zu urteilen, waren sie Bauern für jemand anderen, jemand Mächtigeren. Sie hatten auch eine Spionin erwähnt. Sie erwog, sofort zu Lord Klodian zu gehen, aber abgesehen von dem, was sie belauscht hatte, hatte sie nichts anderes vorzuweisen.

Mina runzelte die Stirn. Sie müsste herausfinden, wer diese Leute waren. Es wäre auch hilfreich, wenn sie die Spionin finden könnte. Obwohl ihre neue Position einige Aufmerksamkeit auf sie gelenkt hatte, war sie jahrelang ignoriert worden. Wie die Diener war sie Zeugin vieler Geheimnisse geworden, einfach weil die Leute sie übersahen. Sie war sicher, dass sie das zu ihrem Vorteil nutzen konnte, aber sie konnte nicht das Drachenei stehlen *und* einen Putsch aufdecken.

Sie würde Hilfe brauchen. Wenn Caden noch hier wäre, könnte sie ihn fragen. Er war ihr einziger Freund gewesen, und jetzt, da er weg war, war sie wieder allein. Sie könnte einen der Diener bitten, das Kommen und Gehen in der Adelshalle zu beobachten, aber sie wusste nicht, ob sie einem von ihnen vertrauen konnte. Es war schnell offensichtlich geworden, dass sie eifersüchtig auf ihre neue Position waren, und wenn einer von ihnen einen Grund finden könnte, sie zu sabotieren, wusste sie, dass sie die Gelegenheit ergreifen würden.

Mina lief in ihrem Zimmer auf und ab. Es musste jemanden geben, den sie anwerben konnte, aber wen? Ihr Kopf blieb leer, also wandte sie ihre Gedanken dem Ei zu. Wenn keine Wachen es bewachten, könnte sie es leicht aus der Burg schmuggeln und Copper übergeben. Wenn es jedoch beobachtet wurde, müsste sie einen Ersatzplan haben.

Wenn es nur einen Wachmann gäbe, dem sie vertrauen könnte, ihr zu helfen, hineinzukommen und Ärger zu vermeiden. Ihr Gesicht hellte sich auf. Sie wusste genau, an wen sie sich wenden konnte.

6

Es dauerte weniger als einen Tag, bis Caden erkannte, dass das Dracan-Dominion ganz anders funktionierte als das Thophat. Abgesehen von dem Attentat, das er in der Nacht zuvor ausgeführt hatte, zeigte sich dies auch in der Organisation der Runenmeister. Da es so viele von ihnen gab, waren sie in Gruppen eingeteilt, die von Hauptmännern befehligt wurden. Die Hauptmänner berichteten an Angus, der wiederum an Lord D'Lance Bericht erstattete.

»Welcher Kompanie werde ich zugeteilt?«, fragte Caden, während er Angus durch das Schloss folgte.

»Das hängt davon ab, wie dein Gespräch mit Lord D'Lance verläuft. Wenn es so gut läuft, wie ich denke, wirst du direkt an mich berichten.«

»Ich fürchte, ich verstehe nicht.«

»Das wirst du schon«, antwortete Angus.

Sie kamen in einem runden Raum an, der mit Holzbänken gesäumt war. Der Raum war voll mit Menschen, die gelangweilte Gesichtsausdrücke hatten.

»Dies ist das Coterie. Jeder, der eine Audienz bei Lord D'Lance wünscht, muss hierher kommen und warten. Wenn er Zeit hat, ihre Anliegen anzuhören, werden sie in die Cathedra gerufen.«

Caden blickte sich im Raum um und zählte mindestens fünfzig Personen. »Lord D'Lance wird all diese Leute heute sehen?«

»Nein. Je nach seinen anderen Prioritäten könnte er vielleicht fünf von ihnen empfangen.«

Als Angus sich den großen Doppeltüren näherte, die in die Cathedra führten, teilte sich die Menge, um ihm Zugang zu gewähren. Zwei Wachen in zeremonieller Rüstung und bewaffnet mit Hellebarden verneigten sich und beeilten sich, die Türen zu öffnen. Einige der Wartenden stöhnten, und Angus warf ihnen einen scharfen Blick zu.

»Entschuldigung, Mylord«, sagte ein Mann. »Ich warte schon seit drei Tagen hier. Man sagte mir, ich wäre der Nächste.«

»Meine Angelegenheit mit Lord D'Lance wird schnell erledigt sein«, sagte Angus. »Es sollte Ihr Treffen nicht beeinträchtigen.«

»Danke, Mylord.«

Angus nickte Caden zu, und sie gingen durch die Türen in einen viel größeren Saal, der allerdings rechteckig war. Ein plüschiger lila Teppich von mindestens zehn Metern Länge bedeckte den Boden, und Wachen waren entlang der Wände aufgereiht. Der Raum war prunkvoll dekoriert, und Caden fühlte sich, als würde er eher am Hof des Hohen Prinzen wandeln als bei einem Dominion-Lord.

Angus blieb am Rand des Teppichs stehen und verschränkte die Hände hinter dem Rücken. Caden war sich des Protokolls nicht sicher und ahmte deshalb Angus' Haltung nach. Am anderen Ende des Raumes stand ein riesiger Thron auf einem erhöhten Podest. Caden kniff die Augen zusammen, um Lord D'Lance zu sehen, aber die Beleuchtung war schummrig und er war in den Schatten verborgen.

Am Fuße des Podests stand eine Frau. Sie bat Lord D'Lance darum, Soldaten zu schicken, um ihren Sohn zu finden.

»Er wird seit einer Woche vermisst, und das sieht ihm gar nicht ähnlich. Ich befürchte, ihm könnte etwas in der Nähe des verlassenen Tempels zugestoßen sein«, sagte sie.

Ein Mann, den Caden zuvor nicht bemerkt hatte, beugte sich dicht an den Thron, als würde er zuhören, dann richtete er sich auf und sprach mit lauter Stimme.

»Mein Lord D'Lance hat Ihre Sorge zur Kenntnis genommen und wird sicherstellen, dass einige Runenmeister das Verschwinden Ihres Sohnes untersuchen. Bitte gehen Sie in Frieden.«

Die Frau verbeugte sich tief und machte sich dann auf den Weg zu den Türen. Caden sah ihr Gesicht, als sie vorbeiging. Sie sah erschöpft aus, und unter ihren Augen waren dunkle Ringe. Nachdem sie die Cathedra verlassen hatte und die Türen geschlossen waren, winkte der Mann neben dem Thron.

»Mein Lord D'Lance begrüßt seinen treuen Diener Kommandeur Morin und seinen Gast.«

»Sprich nicht, bevor Lord D'Lance dich auffordert«, flüsterte Angus.

»Jawohl, Sir.«

Caden trat auf den Teppich und war erstaunt, wie weich er unter seinen Füßen war. Selbst mit seinen Stiefeln fühlte es sich an, als würde er auf Wolken gehen. Am Ende des Teppichs kniete Angus auf einem Knie und senkte den Kopf. Caden tat es ihm gleich und beobachtete aus dem Augenwinkel, wann der Kommandeur sich erheben würde. Er blieb einen langen Moment gebeugt, dann hob er den Kopf.

»Erhebt Euch«, sagte der Mann.

Caden stand auf und blickte von Angus zum Thron. Obwohl er nur wenige Schritte davon entfernt war, verbargen die Schatten Lord D'Lance immer noch vor seinen Blicken.

»Wie geht es mit der Aufgabe voran, den Dissidenten zu finden?«

Es war wieder der Herold. Er war von durchschnittlicher Größe, kahlköpfig und ohne Gesichtsbehaarung. Caden nahm sein Gesicht zur Kenntnis, das dünn war und offensichtlich nicht viel Sonne gesehen hatte.

»Er wurde gefunden und beseitigt«, antwortete Angus.

»Wer ist Euer Gast?«

»Dies ist Caden Davtyan, ein Runenmeister aus dem Thophate-Dominion.«

Stille senkte sich über die Gruppe, und eine neue Stimme sprach, eine, die Caden die Haut kribbeln ließ.

»Lasst uns allein.«

Der Herold verbeugte sich und eilte ohne ein weiteres Wort davon. Lord D'Lance stand auf und trat ins Licht. Er sah ganz anders aus, als Caden es sich vorgestellt hatte. Er war groß und schlank, mit langen schwarzen Haaren, die ihm bis über die Schultern fielen. Er trug lila Roben mit goldenem Besatz, und seine Gesichtszüge erinnerten Caden an einen Falken. Spitz, ausgeprägt, kraftvoll.

»Das ist also der Runenmeister, von dem du mir erzählt hast, nicht wahr?«

»Ja, mein Lord. Ich habe ihn letzte Nacht geschickt, um sich um Terlamin zu kümmern.«

»Und er war erfolgreich?«

»Ja. Ich habe selbst verifiziert, dass es sein Leichnam war.«

Lord D'Lance richtete seinen eisigen Blick auf Caden, und es schien, als hätte der Mann die unheimliche Fähigkeit, direkt in seine Seele zu blicken und durch die Schichten seines Wesens zu schneiden wie ein heißes Messer durch Wachs.

»Mein Kommandeur sagt mir, dass dein ehemaliger Dominion-Lord deine Rune nicht geschnitten hat, bevor du gegangen bist. Ist das wahr?«

»Ja, mein Lord«, antwortete Caden.

»Sag mir, Caden, was strebst du an? Was sind deine Wünsche? Deine Bedürfnisse?«

Der Blick in Lord D'Lances Augen machte Caden unbehaglich. Es gab etwas an dem Mann, das in seinem Kopf Warnungen auslöste, aber abgesehen von seinem Verhalten gab es nichts Sichtbares, das das Unbehagen rechtfertigte.

»Ich will Ruhm und Reichtum.«

»Ein Mann nach meinem Geschmack.« Er lächelte. »Ich nehme an, deshalb bist du in mein Dominion gekommen. Mein Arm reicht weiter als jeder andere ... abgesehen vom Hohen Prinzen natürlich. Wie gedenkst du, diese Dinge zu finden?«

»Ich bin ein Runenmeister, mein Lord. Ich bin bereit zu kämpfen, um es zu verdienen. Im wahrsten Sinne des Wortes.«

»Ich verstehe, warum Sie ihn zu mir gebracht haben, Kommandant. Er ist ehrgeizig über seine Grenzen hinaus. Und loyal, wie es scheint. Kommandant Angus hat dir an deinem ersten Tag hier eine Aufgabe gegeben, und du hast sie erledigt. Ich brauche einen Mann von deiner Stärke und deinem Charakter. Es gibt viele Feinde auf der Lauer, und ich fürchte, ich habe nicht genug Leute, denen ich vertrauen kann, um mir zu helfen. Kann ich dir vertrauen?«

»Mit Ihrem Leben, mein Lord.«

»Vielleicht wirst du dir dieses Privileg eines Tages verdienen«, sagte Lord D'Lance. »Wie würde es dir gefallen, mir direkt zu dienen, Caden? Das würde dir den Ruhm und Reichtum einbringen, den du suchst.«

»Es wäre mir eine Ehre.«

Lord D'Lance blickte zurück zu Angus. »Er weiß nicht, worauf er sich da einlässt, oder?«

Die beiden teilten ein wissendes Lächeln, und Caden begann, genau über diese Frage nachzudenken.

»Ich bin sicher, du hast gehört, dass am Horizont ein Krieg braut. Lord Culver in der Toren-Herrschaft hat Drohungen gegen den Hohen Prinzen ausgestoßen. Nicht offen, natürlich, aber seine Worte haben meine Ohren erreicht. Es ist meine Pflicht, den Hohen Prinzen vor allen Feinden zu schützen. Ich habe Männer, die die Beweise sammeln, die ich brauche, um ihn von seinem Machtsitz zu entfernen, aber bis dahin gilt meine Aufmerksamkeit anderen Dingen.«

Caden war sich nicht sicher, worauf Lord D'Lance mit all seinen Worten hinauswollte, aber er vermutete, dass es irgendwie mit ihm zu tun haben würde.

»Wie gut hast du Lord Klodian kennengelernt?«

»Nicht sehr gut, mein Lord«, antwortete Caden.

»Schade. Ich habe Grund zu der Annahme, dass er in Lord Culvers Komplott gegen den Hohen Prinzen verwickelt ist. Wenn mir jemand Informationen geben könnte, die mich in die eine oder andere Richtung beeinflussen würden, wäre das äußerst hilfreich.«

»Ich weiß, dass er von der Drachenjagd besessen ist, aber das ist so ziemlich alles, was ich erfahren habe, bevor ich versetzt wurde.«

»Drachen, sagst du? Interessant. Auch ich habe ein Interesse an Drachen, aber es geht nicht darum, sie zu töten. Manche Leute sind einfach Barbaren.«

Lord D'Lance starrte Caden einen Moment lang an.

»Ich habe eine Aufgabe für dich. Kommandant Angus wird dir die Details geben, aber es ist ein anderer Feind in mein Blickfeld geraten. Wenn du diese Aufgabe erfolgreich bewältigen kannst, wirst du mein volles und unerschütterliches Vertrauen haben.«

»Betrachten Sie es als erledigt, mein Lord.«

Lord D'Lance lächelte. »Das werden wir sehen.«

7

»Du bist verrückt«, sagte Thais.

»Dann sind wir schon zu zweit.«

Thais funkelte sie wütend an, aber Mina wich nicht zurück.

»Du willst, dass ich dir helfe, etwas von Lord Klodian zu stehlen, und du siehst darin kein Problem? Deine Beförderung muss dir zu Kopf gestiegen sein.«

»Es ist ein Risiko, das bestreite ich nicht, aber es dient dem größeren Wohl.«

»Inwiefern?«

Copper hatte Mina zwar nicht zur Geheimhaltung verpflichtet, aber sie bezweifelte, dass irgendjemand ihrer Geschichte von sprechenden Drachen glauben würde. Die Leute hielten sie für nichts weiter als hirnlose Tiere, und sie wusste, dass die Welt noch nicht bereit war, die Wahrheit zu akzeptieren.

51

»Ich kann es nicht sagen. Du musst mir einfach vertrauen.«

»Du scheinst zu vergessen, mit wem du redest. Ich vertraue niemandem.«

Mina wusste, dass es schwierig werden würde, Thais zu überreden, ihr zu helfen, aber sie musste es versuchen. Es gab keine anderen Möglichkeiten.

»Du musst das Ding nicht persönlich nehmen, ich brauche nur eine Ablenkung. Wenn die Wachen irgendwie weggelockt werden können, übernehme ich den Diebstahl.«

»Wie gesagt, du bist verrückt.«

»Was, wenn ich dir sage, dass hier ein Spion aus einer anderen Domäne ist?«

Thais' Augen verengten sich. »Was für ein Spion?«

»Ich habe zwei Leute darüber reden gehört«, antwortete Mina. »Ich habe nicht gesehen, wer sie waren, aber sie sprachen darüber, Lord Klodian zu stürzen.«

»Sprich leiser«, warnte Thais und blickte sich in der Kaserne um. »Solche Reden bringen dich an den Galgen, egal wer du bist.«

»Tut mir leid«, sagte Mina leise. »Ich brauche Hilfe. Jetzt, wo Caden weg ist, habe ich niemanden sonst, den ich fragen kann. Ich kann das nicht alleine machen.«

Thais runzelte die Stirn, beugte sich aber näher heran. »Ich muss nicht in die Nähe von diesem Ding kommen, das du stiehlst, oder?«

»Nein.«

»Ich helfe dir unter einer Bedingung. Ich will wissen, wer diese Leute sind, die darüber geredet haben, Lord Klodian loszuwerden.«

»Ich habe dir gesagt, dass ich nicht weiß, wer sie sind«, sagte Mina.

»Würdest du ihre Stimmen wiedererkennen?«

»Ich denke schon.«

»Dann sollte deine Aufgabe einfach sein. Streif durchs Schloss und horch nach ihren Stimmen. Wenn du herausfindest, wer sie sind, sag es mir. Sobald das erledigt ist, helfe ich dir bei deinem Diebstahl.«

Mina wollte einwenden, dass ihnen vielleicht die Zeit davonlaufen würde, aber sie konnte es nicht, ohne zu erklären, wieso. Copper hatte gedroht, eine Horde Drachen über Klodian Keep zu bringen, aber als sie zugestimmt hatte, es für sie zu stehlen, hatte sich sein Zorn gelegt. Sie hatte dem Drachen keinen festen Zeitplan gegeben, aber sie befürchtete, dass Copper seinen Teil der Abmachung widerrufen würde, wenn es zu lange dauerte.

»In Ordnung«, stimmte Mina zu.

Sie verließ die Kaserne und plante, Copper zu finden und ihm zu sagen, dass sie daran arbeitete, das Ei für ihn zu besorgen. Sie fühlte sich, als würde sie in alle Richtungen gezerrt. Zwischen dem Diebstahl des Eis und der Aufgabe herauszufinden, wer die Verräter waren, hatte sie alle Hände voll zu tun. Trotzdem war der Preis am Ende all dessen es wert. Sie würde endlich frei von der Schuppe sein und sich irgendwo anders ein neues Leben aufbauen können.

Eine Windböe wirbelte den Staub des Innenhofs auf, und Mina wandte ihren Blick zum Tor. Dunkle Wolken waren am Horizont zu sehen, und sie zuckten mit Blitzen.

»Toll«, murmelte sie.

Wenn sie schnell genug wäre, sollte sie Copper erreichen und zum Schloss zurückkehren können, bevor der Sturm losbrach. Mina eilte zum Stall und fand Aram, der frisches Heu in die Boxen legte.

»Ich muss Tempest mitnehmen«, sagte sie. »Kannst du sie für mich satteln?«

»Ich fürchte nicht«, sagte Aram. »Ein Sturm zieht auf, und glaubt mir, Ihr wollt nicht da draußen von ihm überrascht werden.«

»Es wird schnell gehen«, protestierte Mina. »Ich verspreche es.«

»Es tut mir leid, meine Dame, aber das ist Lord Klodians Regel, angesichts des kürzlichen Verschwindens von Patrouillen. Habt Ihr eine schriftliche Erlaubnis?«

Sie schüttelte den Kopf. »Nein, habe ich nicht.«

»Dann müsst Ihr warten, bis der Sturm vorüber ist.«

Mina trat aus dem Stall und blickte zum Tor. Sie überlegte, zu Fuß zu gehen, aber es gab keine Möglichkeit, das Mesa zu erreichen, bevor der Sturm einsetzte, geschweige denn sicher zurückzukehren. Sie kehrte zum Schloss zurück und hoffte, dass Copper nicht ungeduldig genug wurde, um eine Armee von Drachen zu bringen.

Da Thais ihr nicht helfen würde, bis sie herausgefunden hatte, wer die Verräter waren, beschloss sie, zuerst mit dieser Aufgabe zu beginnen. Sie hatte sie in einem der Räume in der Adelshalle belauscht, also war es sinnvoll, dort anzufangen. Mina navigierte durch das Labyrinth der Gänge und erreichte ihr Zimmer. Sie hielt an der Tür inne und lauschte auf das Geräusch von Dienern. Wenn welche von ihnen im Gang arbeiteten, wollte sie nicht, dass sie sahen, wie sie herumschlich.

Alles war still.

Mina bewegte sich den Gang entlang und hielt ihre Schritte leicht. Sie ging direkt zu dem Raum, in dem sie die beiden Personen hatte reden hören. Die Tür war geschlossen. Sie drehte den Griff langsam und öffnete die Tür, wobei sie hineinspähte. Es schien leer zu sein, also trat sie über die Schwelle und schloss die Tür hinter sich.

Der Raum ähnelte ihrer eigenen Kammer. Ein riesiges Bett, bedeckt von einem durchsichtigen Baldachin, stand an der Wand. Nachttische standen zu beiden Seiten, und eine lange Kommode, die gleichzeitig als Schreibtisch diente, stand dem Bett gegenüber. Mina ging zur Kommode und begann, die Schubladen zu durchsuchen. Sie waren voll mit teurer Kleidung, Schmuck und anderen nutzlosen Kleinigkeiten.

Mina nahm an, dass, wenn dies ihr Zimmer war, es etwas Belastendes zu finden geben sollte. Als sie jedoch weiter suchte, fand sie nichts, das ihr irgendwelche Hinweise gab. Sie wusste, dass es möglich war, dass die beiden Verschwörer den Raum einfach für ihr Gespräch genutzt haben könnten, aber sie glaubte nicht, dass das der Fall war.

»Wo würde *ich* etwas verstecken, wenn ich ein Spion wäre?«, fragte sie laut.

Sie drehte sich im Kreis und sah sich im Zimmer um. Nichts war ungewöhnlich, aber sie wusste, dass es etwas geben musste. Das Fenster klapperte und erschreckte sie. Sie ging hinüber und schaute hinaus. Der Sturm hatte das Schloss bereits erreicht. Selbst wenn sie das Pferd genommen hätte, wäre sie in ihn geraten. Sie dankte Aram im Stillen dafür, dass er sie abgewiesen hatte. Mit dem Verschwinden der Patrouillen hatten die Leute begonnen zu flüstern, dass irgendeine Art von Kreatur oder Geist dafür verantwortlich sei.

Mina war sich da nicht so sicher, aber sie fand es merkwürdig, dass die Patrouillen spurlos verschwunden waren. Außerhalb des Schlosses heulte der Wind wie ein Dämon aus der Unterwelt. Er war so laut, dass sie nicht hörte, wie sich die Tür öffnete.

»Was machst du hier?«

8

Als Caden mit Angus den Thronsaal verließ, fragte er sich, ob er erneut töten müsste. Captain Eduards Worte hallten in seinem Kopf nach.

Es gehört mehr zum Kriegerdasein, als jemanden zu töten.

Es war zwar seine Pflicht, den Dominion-Lord zu beschützen, aber er fühlte sich eher wie ein Attentäter als ein Soldat. Herumzuschleichen und Menschen im Dunkeln zu ermorden, war nicht das, was er sich vorgestellt hatte, als er ein Runenmann wurde.

Doch wenn er nicht bereit wäre, es zu tun, würde es jemand anderes tun. Jemand anderes würde den Ruhm ernten, den er für sich selbst suchte. Caden mochte es nicht, sich schmutzig zu fühlen, aber er nahm an, dass der Weg zu dem, was er begehrte, ihn gelegentlich dazu zwingen würde, sich die Hände blutig zu machen. Nachdem sie die Coterie hinter sich gelassen hatten, weihte Angus ihn ein.

»Der Feind, den Lord D'Lance erwähnte, ist äußerst gefährlich, aber du wirst nicht allein sein. Wir werden sie an einen Ort außerhalb des Schlosses bringen, wo sie für niemanden eine Bedrohung darstellen wird.«

»Sie, Sir?«

»Ja. Dieser Feind ist eine Frau.«

Caden runzelte die Stirn. »Wir müssen eine Frau töten, Sir?«

»Nein, wir werden sie nicht töten. Das ist leider leichter gesagt als getan. Wir werden lediglich die Bedrohung neutralisieren.«

Erleichterung überkam ihn. Er wusste nicht, ob er diese Aufgabe hätte ausführen können. Ob diese Frau nun gefährlich war oder nicht, er war sich nicht sicher, ob seine Nerven standgehalten hätten. Dann dachte er an Thais. Er konnte ihr Schaden zufügen, aber das war persönlich. Er kannte diese andere Frau nicht.

»Du wirst Captain Burke und seinen Runenmännern assistieren«, fuhr Angus fort. »Sie wird in ein provisorisches Gefängnis gebracht und dort zurückgelassen. Wenn alles gut geht und du lebend zurückkehrst, wird Lord D'Lance sehr zufrieden sein.«

Cadens Neugier auf die Frau wuchs, je mehr Angus über sie sprach. Wie konnte eine einzelne Person so gefährlich sein, dass es einer ganzen Truppe von Runenmännern bedurfte, um mit ihr fertig zu werden?

»Du scheinst abgelenkt«, sagte Angus.

»Entschuldigung, Sir. Ich versuche zu begreifen, wie eine einzelne Person eine so große Bedrohung darstellen kann. Ich finde es schwer zu glauben.«

»Du wirst bald genug verstehen, warum. Hol dir etwas zu essen und geh dann zu Burke. Er wird dir eine neue Rüstung geben.«

»Was stimmt nicht mit meiner Rüstung?«, fragte Caden.

»Sie ist veraltet im Vergleich zu dem, was wir hier haben. Behalte sie, wenn du unbedingt willst, aber für diese Mission musst du tragen, was Burke dir gibt.«

»Jawohl, Sir.«

Angus verließ ihn und bog in einen anderen Gang ab. Caden war froh, dass er eine Mahlzeit zu sich nehmen konnte, bevor er wieder auf die Straße ging. Sein Magen fühlte sich leer an, eine Erinnerung daran, dass er am Vorabend kein Abendessen zu sich genommen hatte. Er verirrte sich beim

Versuch, aus dem Schloss zu kommen, und landete in einem Korridor, der verlassen schien.

Es gab keine Wandteppiche an den Wänden, keine Teppiche auf dem Boden und keine Wachen. Es waren überhaupt keine Menschen da, was die Atmosphäre unheimlich still machte. Caden hatte das Gefühl, dass hier etwas Schlimmes passiert sein musste. Er war gerade dabei umzukehren, als er etwas hörte, das seine Aufmerksamkeit erregte.

Er blieb stehen und lauschte. Das Geräusch kam irgendwo weiter unten aus dem Gang. Caden trat leise auf, von Neugier getrieben. Je näher er kam, desto mehr war er überzeugt, dass es sich um einen gedämpften Schrei handelte. Er erreichte die Tür, hinter der das Geräusch herkam, und presste sein Ohr gegen das Holz.

Es klang, als wäre jemand in Schmerzen, aber es war gedämpft, als ob die Person geknebelt wäre. Caden versuchte die Klinke. Sie war verschlossen. Wurde hier jemand gefoltert? Er nahm an, der Raum könnte der Kerker sein. Das würde den Mangel an Dekorationen und Menschen erklären, aber wenn hier Gefangene gehalten wurden, sollten zumindest Wachen da sein.

Er versuchte die Klinke erneut, diesmal mit mehr Kraft, aber sie bewegte sich nicht. Was auch immer hinter der Tür vor sich ging, es schien nichts Gutes zu sein. Er hatte das Gefühl, etwas unternehmen zu müssen, aber wenn er die Tür nicht öffnen konnte, gab es nicht viel, was er tun konnte.

»Ich muss es Angus sagen«, murmelte Caden.

Stirnrunzelnd ging er den Weg zurück und erkannte schließlich seine Umgebung wieder. Er verließ das Schloss und kehrte zur Kaserne zurück. Angus war nicht in seinem Büro, also nahm sich Caden vor, ihn später nach dem verlassenen Gang zu fragen. Im Erdgeschoss wurde das Frühstück zubereitet, und der Geruch ließ ihm das Wasser im Mund zusammenlaufen, als er die Treppe hinunterging.

Eine Reihe von Soldaten hatte sich in der Nähe der Küche gebildet, und Caden stellte sich dazu. Er hörte, wie einige Soldaten über die Unruhen sprachen, die in Lord Culvers Dominion brodelten. Lord D'Lance hatte erwähnt, dass Lord Culver Drohungen gegen den Hochprinzen ausgesprochen hatte, aber wenn er sie nicht öffentlich machte, woher wussten dann einfache Soldaten davon?

Caden erhielt ein Tablett, das mit genug Essen für zwei Mahlzeiten gefüllt war. Ein Blick auf die anderen Runenmänner um ihn herum zeigte, dass sie die gleiche Behandlung erfahren hatten. Lord Klodian hatte im Thophat nicht am Essen gespart, aber Lord D'Lance trieb alles auf die Spitze. Caden nahm sein Tablett mit nach oben und setzte sich auf sein Bett, aß allein und dachte darüber nach, was der Rest des Tages bringen würde.

Als er fertig war, brachte er das Tablett zurück in die Küche. Da er nicht wusste, wie Captain Burke aussah, wählte er jemanden zufällig aus und sprach ihn an.

»Entschuldigung, aber ich suche Captain Burke. Können Sie ihn mir zeigen?«

»Du wirst Captain Burke erkennen, wenn du ihn siehst«, antwortete der Mann grinsend. »Er ist wahrscheinlich der Kleinste hier. Er hat auch einen buschigen roten Bart.«

»Redet ihr hinter meinem Rücken über mich?« Die Stimme war tief.

Caden drehte sich zu dem Neuankömmling um und musste seine Überraschung verbergen. Captain Burke war kaum 1,50 Meter groß. Seine Schultern waren breit und sein stämmiger Körper war voller sehniger Muskeln. Er ging mit selbstbewusster Haltung und stapfte auf sie zu.

»Nein, Sir«, sagte der Soldat. »Ich würde nie hinter Ihrem Rücken über Sie sprechen, nur über Ihrem Kopf.«

Captain Burke brach in schallendes Gelächter aus.

»Du bist urkomisch, Halber. Ich denke, dein Witz hat dir gerade den Küchendienst heute Abend eingebracht.«

»Es tut mir leid, Sir. Ich wollte Sie nicht verärgern.«

»Oh, du hast mich nicht verärgert. Du hast nur noch nicht deinen Platz hier gelernt. Es ist meine Aufgabe, das zu korrigieren.« Burke richtete seinen Blick auf Caden. »Warst du auch an den Witzen über meine Größe beteiligt?«

»Nein, Sir. Kommandant Morin hat mir aufgetragen, Sie zu finden. Er sagte, ich würde mit Ihnen zusammenarbeiten, um einen Feind irgendwohin zu eskortieren.«

Burke grinste und strich sich durch den Bart, während er Caden von oben bis unten musterte.

»Ich freue mich immer über Hilfe«, sagte er. »Sind Sie ein Runenmeister?«

»Ja. Ich wurde gerade vom Thophat versetzt.«

»Gut! Das bedeutet, ich muss Sie nicht erst ausbilden. Nach Ihrem Aussehen zu urteilen, vermute ich, Sie haben eine Stärkerune?«

Caden nickte, beeindruckt.

»Noch besser«, sagte Burke. »Wir haben in letzter Zeit viele Stärke-Runenmeister verloren, daher bin ich froh, Sie zu haben. Sie werden allerdings andere Rüstung brauchen, wenn Sie mitkommen wollen. Was Sie tragen, wird nicht standhalten, falls die Dinge aus dem Ruder laufen.«

»Was meinen Sie damit?«, fragte Caden.

»Hat der Kommandant Ihnen gesagt, wen wir eskortieren?«

»Er sagte mir, wir eskortieren eine Frau. Eine gefährliche.«

»Ja, aber gefährlich trifft es nicht mal ansatzweise. Sie ist eine durchtriebene Person und mag unsereins ganz und gar nicht.«

Cadens Gesicht verzog sich vor Verwirrung. »Ich verstehe nicht.«

Kapitän Burke schüttelte den Kopf. »Der Kommandant hat es Ihnen wohl nicht gesagt, nehme ich an?«

»Was gesagt?«

»Die Gefangene ist ein Drache.«

9

Mina wirbelte herum, ihr Herz sank ihr in den Magen, aber Erleichterung überkam sie, als sie sah, dass es Kera war.

»Ich habe nach ... ihnen gesucht«, sagte Mina.

»Wen?«

»Den Lord und die Lady, die hier wohnen.«

Kera verschränkte die Arme und starrte Mina an. »Wozu?«

»Das geht dich nichts an«, erwiderte Mina.

»Du sprichst wie einer der Adligen. Wenn du wirklich nach ihnen suchen würdest, wüsstest du, dass sie gerade bei Lord Klodian sind. Also, willst du mir sagen, was du hier machst, oder soll ich Lord Klodian mitteilen, dass du in den persönlichen Sachen seiner Hofmitglieder herumwühlst?«

Mina beschloss zu bluffen.

»Lord Klodian weiß bereits, was ich tue. Er hat mich hergeschickt.«

Keras misstrauische Haltung geriet ins Wanken. »Hat er das?«

Mina nickte.

»Warum hast du das nicht gleich gesagt?«

»Mir wurde gesagt, ich solle darüber schweigen. Hofpolitik.«

Kera verdrehte die Augen und ließ die Hände sinken. »Hier ist immer irgendwas los. Man sollte meinen, dass so weit weg von den größeren Dominions der ganze politische Quatsch kein Thema wäre.«

»Es ist schlimmer, als du denkst«, sagte Mina. »Aber das hast du nicht von mir gehört.«

»Es tut mir leid, dass du jetzt in ihre Spielchen verwickelt bist. Freiheit ist wohl nicht wirklich Freiheit, oder?«

Mina zuckte mit den Schultern. »Der Großteil meines Lebens war so, also ist es für mich keine große Veränderung. Ich denke, ich muss nicht erwähnen, dass du mich hier nicht gesehen hast und wir nie dieses Gespräch geführt haben.«

»Natürlich nicht, meine Lady. Ich lasse Euch dann mal weitermachen.«

»Ich hätte da noch eine Frage. Wessen Zimmer ist das?« Minas Gesicht lief rot an und sie wusste, dass sie die Grenzen austestete. »Mir wurde nicht gesagt, welches Zimmer ich genau überprüfen soll, also bin ich vielleicht gar nicht am richtigen Ort.«

»Es überrascht mich nicht, dass dir niemand irgendwelche Anweisungen gegeben hat. Die Adligen gehen gerne davon aus, dass wir alles wissen, obwohl sie uns im Dunkeln tappen lassen. Das hier ist die Kammer von Lord und Lady Burgess.«

»Dann bin ich im richtigen Raum.« Mina lächelte, aber innerlich war sie ein Nervenbündel.

»Sonst noch was?«

»Nein, danke.«

Kera nickte und verließ den Raum. Mina rieb sich mit den Händen übers Gesicht und seufzte erleichtert. Das wäre beinahe katastrophal schiefgegangen. Sie setzte ihre Suche im Zimmer fort, fand aber nichts, was bewies, dass die beiden, die sie reden gehört hatte, planten, Lord Klodian zu stürzen. Sie vermutete, dass sie für jemanden arbeiteten, was bedeutete, dass es einen Brief oder etwas Belastendes geben musste. Mina durchsuchte die gleichen Schubladen nochmal, fand aber nichts.

Trotzdem hatte sie herausgefunden, wer sie waren. Und da sie einen Namen hatte, bedeutete das, dass Thais ihr mit dem Ei helfen würde. Der Wind rüttelte erneut an den Fenstern und unterbrach ihre Gedanken. Mina wusste, sie müsste warten, bis der Sturm vorüber war, um mit Thais zu sprechen. Sie stellte sicher, dass alles so zurückgelegt wurde, wie sie es vorgefunden hatte, und eilte in ihre eigenen Gemächer, wo sie sich aufs Bett warf.

Der Tag war noch jung, also beschloss Mina, sobald der Sturm vorüber war, mit Thais zu sprechen und dann auszureiten, um Copper über ihre Fortschritte zu informieren. Sie hoffte, dass er sein Wort halten würde, wenn sie ihn auf dem Laufenden hielt. Andererseits wusste sie nicht, ob der Drache überhaupt zu seinem Wort stehen würde. Er war ein Drache, und sie hatte große Schwierigkeiten, ihm zu vertrauen, aber sie hatte keine große Wahl. Er war ihre beste Chance, die Schuppe von ihrem Bein zu entfernen, also *musste* sie ihm vertrauen.

Das war das Letzte, woran sie sich erinnerte, bevor sie aufwachte. Mina setzte sich auf und blickte zum Fenster. Der Sturm war vorüber, und die Sonne schien hell durch das Glas. Sie fand es seltsam, dass sie eingeschlafen war, denn sie war nicht einmal müde gewesen, aber vielleicht hatte der ganze Stress seinen Tribut gefordert.

Mina rutschte vom Bett und verließ ihr Zimmer, wobei sie Vhans Schwert zurückließ. Sie ging zur Kaserne und fand Thais und mehrere andere Runesmen, die gerade den Boden fegten. Thais sah sie fragend an.

»Ich habe herausgefunden, wer diese Leute sind«, sagte Mina.

»Das ging ja schnell«, erwiderte Thais.

»Na ja, es war pures Glück. Ich habe in ihrem Zimmer herumgeschnüffelt und eine der Dienerinnen hat mich dabei erwischt. Jedenfalls hat sie mir erzählt, dass es sich um Lord und Lady Burgess handelt.«

»Burgess?« Thais runzelte die Stirn. »Den Namen habe ich noch nie gehört.«

»Das ergibt Sinn. In Anbetracht dessen, was sie vorhaben, bezweifle ich, dass sie ihre echten Namen benutzen würden. Burgess ist wahrscheinlich ein falscher Nachname.«

»Wenn das stimmt, stehen wir immer noch am Anfang. Finde mehr über sie heraus.«

»Nein«, sagte Mina. »Du hast gesagt, ich soll dir einen Namen besorgen. Das habe ich getan. Jetzt bist du dran, mir zu helfen. Außerdem habe ich in ihrem Zimmer nichts gefunden, was verdächtig erschien.«

»Hast du nach falschen Schubladen oder versteckten Fächern gesucht?«

»Nein, warum sollte ich?«

»Diese Leute sind Spione«, erwiderte Thais. »Die werden nichts offen herumliegen lassen.«

»Woher sollte ich das wissen? Ich decke nicht jeden Tag finstere Machenschaften auf. Falls du es vergessen hast, das Meiste, was ich bis vor Kurzem gemacht habe, war putzen und Lord Klodian zu Drachen führen. Du hast gesagt, du würdest mir helfen, also wenn du nicht dein Wort zurücknehmen willst, musst du dich heute Abend mit mir treffen.«

»*Heute Abend?*« fragte Thais ungläubig.

»Die Zeit rinnt uns durch die Finger, und die Gefahr wächst mit jeder Stunde, die verstreicht.«

Thais sah sich in der Kaserne um. »Na gut. Wo soll ich dich treffen?«

»Draußen um Mitternacht. Die Diener werden dann schlafen, und ich kann dich unbemerkt ins Schloss schmuggeln.«

»Hast du einen Plan?«

»Ja. Du wirst für eine Ablenkung sorgen, und ich werde das E-Ding stehlen«, sagte Mina und korrigierte sich im letzten Moment.

»Wie soll das ein Plan sein? Was für eine Ablenkung soll ich denn schaffen?«

Mina zuckte mit den Schultern. »Überleg dir was. Ich mache schon die ganze riskante Arbeit.«

»Deine Einstellung gefällt mir nicht. Ich habe halb Lust, mich aus der ganzen Sache rauszuhalten.«

»Es ist deine Pflicht, Lord Klodian und das Dominion zu schützen. Wenn du mir nicht hilfst, vernachlässigst du diese Pflicht.«

»Wenn wir in so großer Gefahr sind, wie du sagst, warum erzählst du es nicht Lord Klodian? Würde das die Sache nicht vereinfachen?«

Mina wollte Thais alles erzählen, aber sie vertraute der Frau nicht. Noch nicht. Vielleicht würde sie ihre Deckung ein wenig fallen lassen, wenn das alles vorbei war.

»Lord Klodian muss nicht involviert werden, es sei denn, wir scheitern. Und bis dahin wäre es sowieso zu spät.«

»Weißt du eigentlich, wie man eine Frage beantwortet, ohne kryptisch zu sein?« fragte Thais.

»Ja, aber wie ich schon sagte, ich kann dir nichts verraten. Wenn wir es schaffen, das durchzuziehen, dann werde ich alles offenlegen. Bis dahin musst du einfach tun, worum ich dich bitte.«

Thais kicherte. »Du bist schon eine Seltsame, weißt du das? Ich werde dir trotzdem helfen, aber nur, weil ich neugierig bin. Ich glaube nicht, dass wir in Gefahr sind, aber wenn das dein Antrieb ist, dann sei es so. Jetzt verschwinde von hier, bevor ich Ärger bekomme, weil ich nicht putze. Wir sehen uns heute Abend.«

Mina verließ die Kaserne und machte sich auf den Weg zum Stall. Es war Zeit, Copper zu besuchen.

10

»Ein Drache?«

Caden glaubte, den Hauptmann falsch verstanden zu haben.

»Jawohl, ein Drache. Hast du schon mal einen aus der Nähe gesehen?«

»Nein, den Göttern sei Dank. Mein vorheriger Herr jagte sie zum Spaß, aber ich würde sie lieber meiden.«

»Du kannst zurückbleiben, wenn du willst«, sagte Burke. »Aber ich würde es nicht empfehlen.«

Caden wusste, dass seine Chance, Lord D'Lances Vertrauen zu gewinnen, dahin wäre, wenn er nicht mitginge. Er hatte Angst vor Drachen, aber wer hatte die nicht? Burke schien keine zu haben. Caden wusste, er müsste die Angst überwinden, aber er war sich nicht sicher, wie.

»Ich komme mit«, sagte er.

»Gut. Als Erstes müssen wir dir eine Rüstung besorgen.«

»Das hat mir Kommandant Morin auch gesagt.«

»Du wärst innerhalb von Sekunden tot, wenn dich ein Drache anflammen würde, aber wir haben etwas, das dem Drachenfeuer standhält. Komm, wir passen dir was an.«

Caden folgte Burke durch die Kaserne und landete schließlich vor einer Stahltür mit mehreren Schlössern. Burke zog einen kleinen Schlüsselbund von seinem Gürtel und schloss methodisch jedes einzelne auf, aber er ging dabei in keiner bestimmten Reihenfolge vor.

»Das ist die Waffenkammer«, sagte Burke. »Nur diejenigen mit dem Rang eines Hauptmanns oder höher können hier rein, also wenn du etwas brauchst, kommst du zu mir.«

Burke stieß die Tür auf und bedeutete Caden, voranzugehen. Caden trat durch die Türöffnung und bemerkte sofort das große rechteckige Fenster, das den Raum mit reichlich natürlichem Licht füllte. Ein Dutzend oder mehr Ständer mit fein gearbeiteten Schwertern standen in ordentlichen Reihen, und Regale enthielten Brustplatten, Helme und Stiefel. Eine ganze

Wand war mit Kettenhemden bedeckt, die an Haken hingen. Caden starrte sie sehnsüchtig an.

»Die bieten nicht viel Schutz gegen Drachen«, brummte Burke. »Du wirst eine komplette Plattenrüstung tragen.«

»Ich habe noch nie eine Plattenrüstung getragen«, gab Caden zu. »Ist sie schwer?«

»Ja. Es ist auch schwer, sich darin zu bewegen, aber darum musst du dir keine Sorgen machen. Der Drache wird nicht frei herumlaufen. Die Rüstung ist nur für den Fall, dass sie entkommt.«

Caden fand in den Worten des Mannes nicht viel Trost. Seine Aufgabe als Soldat war es, gegen Menschen zu kämpfen, nicht gegen Drachen. Wenn der Drache entkäme, bezweifelte er, dass einer von ihnen überleben würde, um davon zu erzählen.

»Was ist so besonders an der Rüstung?«, fragte Caden.

Burke grinste. »Sie ist einzigartig. Sie schützt dich vor Drachenfeuer, solange du sie richtig trägst.«

»Wie das? Schmilzt Drachenfeuer nicht Metall?«

»Jawohl, aber dieses Metall ist anders. Es hält hohen Temperaturen stand und wirkt als Puffer zwischen dir und dem Feuer. Ein

Drache könnte direkt vor dir stehen und mit seinem feurigen Atem losblasen, und du würdest nur ein wenig Wärme spüren.«

Caden starrte die Rüstung zweifelnd an, bis er sich an ein Gespräch mit Thais erinnerte. Sie hatte eine verrückte Theorie aufgestellt, dass jemand Metall von einer Art Kreatur benutzte, die in Vulkanen lebte. War es möglich, dass Lord D'Lance es tatsächlich geschafft hatte?

»Du hast gesehen, wie es funktioniert?«, fragte Caden.

»Ich habe es am eigenen Leib erfahren«, erwiderte Burke. »Such dir einen Brustpanzer, der eng anliegt. Du willst überhaupt keine Lücken.«

Caden trat an das hohe Regal heran und griff nach einem, von dem er dachte, dass er ihm passen würde, aber als er ihn über den Kopf zog, war er zu groß. Er kämpfte einen Moment damit, ihn wieder abzunehmen, stellte ihn dann zurück ins Regal und wählte einen anderen. Der passte perfekt.

»Wir haben ein paar verschiedene Helmstile. Such dir den aus, der dir am besten gefällt, und nimm ein Paar Stiefel.«

»Was ist mit meinen Armen und Beinen?«, fragte Caden.

»Es gibt verschiedene Teile, die zusammengesetzt werden. Vertrau mir, wenn du vollständig gerüstet bist, wird kein Zentimeter von dir sichtbar sein. Unsere Schmiede haben jeden möglichen Fehler aus dem Design entfernt.«

»Klingt nach der perfekten Rüstung.«

»Lord D'Lance würde nichts Geringeres akzeptieren«, sagte Burke. »Wir verlieren ohnehin genug Runenmeister, also spart er keine Kosten, wenn es darum geht, seine Soldaten zu schützen.«

»Das weiß ich zu schätzen«, erwiderte Caden.

Burke drehte sich um und pfiff, dann winkte er jemanden heran. Ein anderer Mann gesellte sich zu ihnen in der Waffenkammer.

»Das ist Kennet. Er wird dir helfen, den Rest der Rüstung anzulegen, denn es ist nahezu unmöglich, das alleine zu tun. Wenn du fertig bist, triff mich im Hof. Wir brechen auf, sobald du bereit bist.«

»Wohin gehen wir?«, fragte Caden.

»Um den Gefangenen zu eskortieren. Schließ die Türen ab, wenn ihr fertig seid«, sagte Burke zu Kennet und marschierte davon.

»Ich bin Caden. Danke, dass du mir hilfst.«

»Kein Problem. Hauptmann Burke macht keinen Spaß, wenn er sagt, dass es unmöglich ist, diese Rüstung alleine anzulegen.«

»Bist du auch Hauptmann? Er sagte, nur Hauptmänner und höhere Ränge hätten Zugang zur Waffenkammer.«

»Ich bin in der Ausbildung, also ist es noch nicht offiziell, aber ich mache alles, was ein Hauptmann tut. Ich werde Hauptmann Tayfurs Position übernehmen, sobald Kommandant Morin mich absegnet.«

»Geht Hauptmann Tayfur in den Ruhestand?«, fragte Caden.

»Nein. Er wurde letzte Woche getötet.«

»Oh, Götter. Das tut mir leid.«

»Muss es nicht«, sagte Kennet. »Er fiel in der Schlacht während eines Grenzgefechts mit Lord Culvers Männern. Culver dringt seit Jahren langsam in Lord Veisis Domäne ein, aber in letzter Zeit ist es aggressiver geworden. Der Kommandant schickt einen stetigen Strom von Runenmeistern in Veisis Domäne, um weitere Aktionen von Culver abzuschrecken, aber es scheint keine Wirkung zu zeigen.«

»Klingt, als ob sich ein Krieg anbahnt.«

»Ich weiß nicht, ob es so weit kommt, aber Lord D'Lance wird etwas unternehmen müssen, bevor der Hohe Prinz von den

Vorgängen erfährt. Das Letzte, was irgendjemand will, ist, dass der Hohe Prinz seine Armeen über die Domänengrenzen marschieren lässt. Er wird sie alles verwüsten lassen, nur um seine Stärke zu demonstrieren.«

Je mehr Caden über die Politik der Domänen erfuhr, desto weniger wollte er darüber wissen. Er wollte Reichtum und Ruhm, aber er wollte nicht in die politische Sphäre involviert sein. Das würde sein Leben nur verkomplizieren, und er bevorzugte es einfach. Seine Gedanken schweiften ab, während Kennet begann, Rüstungsteile an seinen Armen zu befestigen.

Als Kennet fertig war, fühlte sich Caden, als hätte sich sein Gewicht verdoppelt. Die Rüstung war beträchtlich schwer, und selbst seine Stiefel hatten Gewicht. Das Gehen wurde so schwierig, dass es zur Plackerei wurde.

»Götter, wie kann jemand in diesem Zeug kämpfen? Ich kann mich kaum bewegen.«

»Es dient eher zum Schutz vor Drachenfeuer«, sagte Kennet. »Für den Kampf wirst du wahrscheinlich Kettenhemd tragen. Da du mit Hauptmann Burke gehst, solltest du dir nicht viele Sorgen machen müssen. Er ist ein kompetenter Mann. Es wird allgemein angenommen, dass er in der Reihe steht, Kommandant zu werden, sobald Angus in den Ruhestand geht.«

»Oder stirbt?«, fragte Caden. Es schien ihm, als würden in dieser Herrschaft viele Menschen sterben.

»Ich glaube nicht, dass Angus getötet werden kann«, sagte Kennet mit einem Lachen. »Dieser Mann hat länger gelebt als die meisten und mehr Schlachten gesehen als jeder andere, den ich kenne. Der Tod selbst wird ihn persönlich aus dieser Welt holen müssen. Lass mich den Riemen an diesem Armschutz festziehen, dann bist du fertig.«

Caden spürte Druck um seinen linken Arm, als Kennet am Riemen zog. Zwischen dem Gewicht und der Enge von allem fühlte er sich, als würde er zu Tode eingeschnürt.

»Mein Vorschlag ist, den Helm abzulassen, bis du außerhalb der Mauern bist. Er hält die ganze Körperwärme fest, also versuche ich, ihn so lange wie möglich hinauszuzögern.«

»Danke«, sagte Caden und griff mit der rechten Hand nach dem Helm.

»Du solltest dich beeilen. Hauptmann Burke ist nicht für seine Geduld bekannt.«

Caden verließ die Waffenkammer und trat aus der Kaserne, so schnell er konnte. Auf halbem Weg zu der Stelle, wo Hauptmann

Burke wartete, fiel ihm ein, dass er vergessen hatte, sein Schwert mitzunehmen. Er wagte es nicht, umzukehren und den Hauptmann warten zu lassen, also ging er weiter um die Vorderseite des Schlosses herum.

»Ich habe vergessen, mein Schwert zu holen«, sagte Caden, als er sich Burke näherte. »Soll ich zurückgehen und es holen?«

»Nein, wir sind schon hinter dem Zeitplan. Ich bezweifle, dass wir auf Schwierigkeiten stoßen werden. Wir bringen diese verdammte Kreatur nur an einen neuen Ort und lassen sie dort verrotten. Der Käfig sollte sie halten, aber für den Fall der Fälle solltest du vielleicht einen großen Bogen um ihn machen.«

Caden schaute in die Richtung, die Burke andeutete, und schluckte schwer. Der Käfig war riesig, stand drei Meter hoch und war mindestens doppelt so lang, ohne die Plattform mit Rädern mitzurechnen, auf der er gebaut war.

»Bist du bereit dafür?«

»So bereit, wie ich nur sein kann«, antwortete Caden.

»Gute Antwort. Lasst uns aufbrechen!«

11

Mina ritt auf Tempest in die Wüste hinaus und staunte darüber, wie der Sturm die Landschaft verändert hatte. Normalerweise hatten die Dünen fließende Linien, die den Eindruck erweckten, als würden sie sich kräuseln, doch der Wind hatte den Sand glatt und eben gelegt. Sie dankte Avera im Stillen, dass Aram ihr nicht erlaubt hatte, früher aufzubrechen. Der Sturm war schneller hereingebrochen, als sie erwartet hatte.

Die Schuppe in ihrem Bein alarmierte sie über Coppers Anwesenheit. Er befand sich auf demselben Tafelberg, auf dem er auch neulich gewesen war, als sie ihm endlich begegnet war. Mina graute es vor dem Aufstieg zum Gipfel, und sie war überrascht, als die Stimme des Drachen in ihrem Kopf widerhallte.

Komm zum Fuß des Berges, und ich bringe dich nach oben.

Wie willst du das machen?

Mit meinen mächtigen Flügeln. Ihr Menschen seid wohl nicht besonders intelligent, oder?

Wir sind schlau genug, um euresgleichen zu töten, schoss Mina zurück.

Coppers empörtes Schnauben verschaffte ihr eine gewisse Genugtuung. Also hatten Drachen auch Gefühle und Emotionen bei verletzenden Worten, genau wie Menschen. Das war interessant. Sie zügelte das Pferd, als sie die aufragenden Wände des Tafelbergs erreichte.

Lass dein Pferd zurück und geh hundert Schritte davon weg.

Warum? Mina wurde misstrauisch und fragte sich, ob der Drache vorhatte, sie zu töten.

Wenn du es vorziehst, kann ich auch dein Reittier verscheuchen, aber dann müsstest du zu Fuß zu deinem Schloss zurücklaufen.

Daran hatte Mina nicht gedacht. Sie stieg ab und tätschelte den Hals des Pferdes. Tempest stupste sie an, und sie holte einen Apfel aus der Satteltasche und bot ihn dem Tier an. Es nahm einen Bissen und kaute lautstark, dann verschlang es den Rest.

»Hast du das überhaupt geschmeckt?«, fragte Mina kopfschüttelnd. »Bleib hier und warte auf mich. Ich bin bald zurück.«

Sie zählte ihre Schritte, während sie sich vom Pferd entfernte und dabei der Wand des Tafelbergs folgte. Als sie genau hundert erreicht hatte, blieb sie stehen und schaute nach oben. Ein Schatten fiel über sie, als Copper von der Spitze des Tafelbergs sprang, die Flügel ausgebreitet. Er kreiste in Spiralen und sank langsam herab. Trotz ihres Hasses auf Drachen ertappte sich Mina dabei, wie sie die majestätische Schönheit Coppers bewunderte.

Sand wirbelte in kleinen Wolken auf, als die gewaltigen Flügel des Drachen schlugen, um seinen Sinkflug zu stoppen. Er landete wenige Meter entfernt, und Mina starrte schweigend.

Willst du den ganzen Tag glotzen?

Tut mir leid.

Mina ging zögerlich auf Copper zu, aber sie fühlte sich nicht von ihm verängstigt.

Neulich war ich vor Angst wie erstarrt, aber jetzt fühle ich mich nicht ängstlich.

Das liegt daran, dass ich meine Pheromone nicht aussende.

Was meinst du damit?

Der Drache beobachtete sie aufmerksam, als sie sich näherte. Seine geschlitzten Pupillen blieben unverwandt auf sie gerichtet, ohne zu blinzeln.

Wir Drachen können eine Chemikalie in die Luft abgeben, die andere Drachen wissen lässt, dass wir anwesend sind. Die Angst, die ihr erlebt, ist ein Nebeneffekt. Ich denke, das liegt daran, dass Menschen nicht wissen, wie sie mit dem Pheromon umgehen sollen.

Mina blieb vor Copper stehen, ihre Augen wanderten über seine Schuppen. Hier und da entdeckte sie Unvollkommenheiten, meist Kerben und Kratzer, aber einigen Schuppen fehlten ganz und gar Stücke. Sein Bauch hatte die gleiche Farbe wie der Rest seiner Schuppen, und seine Klauen waren riesig. Krallen, scharf wie Schwerter, gruben sich in den Boden.

Warum siehst du mich so an?, fragte Copper.

Ich habe noch nie einen Drachen aus der Nähe gesehen, antwortete Mina.

Du hast mich vor kurzem aus der Nähe gesehen.

Das war etwas anderes.

Ihr wurde zum ersten Mal bewusst, dass die in ihrem Bein eingebettete Schuppe ihr keine Schmerzen bereitete. In der

Vergangenheit hatte sie stechende Schmerzen gehabt, die sie lähmten, wann immer sie sich einem Drachen näherte. Doch jetzt, da sie direkt vor einem stand, spürte sie diesen Schmerz überhaupt nicht. Und es war bei den beiden anderen Malen, als sie ihm begegnet war, genauso gewesen.

Bist du bereit?

Mina schluckte schwer und nickte. *Soll ich auf deinen Rücken klettern?*

Copper machte ein glucksendes Geräusch, das sie an Lachen erinnerte, und der Duft von Rosen erfüllte ihre Nase. Es gab vieles, was sie über Drachen nicht verstand, und sie fragte sich, wie viele ihrer Geheimnisse Copper ihr preisgeben würde.

Auf keinen Fall. Ich werde dich mit meinen Klauen packen. Streck deine Arme aus. Und zappel nicht, sonst wird dein Fleisch zerschnitten.

Der Drache schlug mit den Flügeln und erhob sich in die Luft, dann bewegte er sich vorwärts und streckte seine Klauen nach ihr aus. Bevor sie ihre Entscheidung überdenken konnte, umschlossen Coppers Vorderklauen ihre Arme und er hob sie vom Boden.

Mina biss die Zähne zusammen und kämpfte gegen ihren Instinkt an zu schreien. Sie beobachtete, wie der Boden unter ihr verschwand, während der Drache höher und höher stieg, der Wind von seinen Flügeln zerrte an ihren Haaren und ihrer Kleidung. Die Spitze des Tafelbergs wurde sichtbar, und er setzte sie ab, flog dann höher in den Himmel, bevor er wieder herabstürzte. Im letzten Moment breitete er seine Flügel aus, sein Oberkörper ruckte nach oben, während seine Hinterbeine den Boden berührten. Sie konnte kaum glauben, dass ein Drache so wendig sein konnte.

Können alle Drachen fliegen?

Ja. Können alle Menschen laufen?

Ja, antwortete Mina. *Nun, die meisten können es.*

Die meisten?

Einige von uns werden mit Gebrechen geboren und können bestimmte Dinge nicht tun.

Dasselbe gilt für Drachen, sagte Copper. *Aber wenn ein Drache nicht fliegen kann, wird er nicht lange leben.*

Warum nicht?

Wenn die Mutter einen Schlüpfling nicht tötet, bevor er das Nest verlässt, wird er die Beute vieler Kreaturen, bis er größer wird. Das Fliegen gibt uns den Vorteil, Raubtieren zu entkommen, und daher ist es eine Gnade, einen flugunfähigen Drachen zu töten.

Welche Art von Tier jagt Drachen?

Abgesehen von Menschen? Viele Dinge, wenn wir klein sind. Hauptsächlich Sandwürmer.

Minas Neugier war geweckt. *Was ist ein Sandwurm?*

Du hast noch nie einen gesehen?

Ich glaube nicht.

Du würdest es wissen, wenn du einen gesehen hättest. Sie kommen den Orten, an denen Menschen leben, nicht nahe. Man findet sie manchmal hier zwischen den Tafelbergen. Je weiter du in die Wüste vordringst, desto wahrscheinlicher ist es, dass du ihnen begegnest.

Mina hatte nicht vor, tief in die Wüste vorzudringen, also hoffte sie, dass sie sich keine Sorgen machen musste. Copper neigte seinen Kopf zur Seite.

Wie läuft die Suche nach dem Ei?

»Deshalb bin ich hierhergekommen«, sagte Mina. »Ich werde heute Nacht versuchen, es zu holen. Ich werde Hilfe haben, also sollte ich es dir morgen bringen können.«

»Das sind gute Neuigkeiten. Ich hoffe, dass das Ei nicht beschädigt wird.«

»Wie lange dauert es, bis eines schlüpft? Lord Klodian hat das Ei schon seit langem, aber es bleibt unverändert.«

Copper gab ein summendes Geräusch von sich, und Mina nahm einen schwachen Hauch von Lavendel wahr. Sie wusste nicht, warum sie diese Düfte roch, aber sie vermutete, dass es etwas mit Drachen zu tun hatte.

»Drachen können jahrelang warten, bis sie schlüpfen. Die Umstände müssen stimmen, und der Drache wird wissen, ob es sicher ist, aus seiner Schale zu kommen.«

»Wie viele Drachen gibt es?«

»Zu viele, um sie zu zählen«, antwortete Copper.

»Verstehst du dich mit den anderen Drachenfarben?«

»Mit vielen von ihnen, ja.«

»Wie viele Farben gibt es?«

»Zehn.«

»Ich habe nur fünf gesehen.«

»Die metallischen Farben, nehme ich an? Wir bevorzugen die Einsamkeit des Sandes und der Hitze. Unsere Brüder, deren Farben chromatisch sind, tun das nicht.«

Mina erinnerte sich an den schwarzen Drachen, den sie auf ihrer Reise mit Lord Klodian gesehen hatte, als er sie mitgenommen hatte, um die Fähigkeit der Schuppe zu testen, Magie zu spüren.

»Eigentlich habe ich sechs Farben gesehen. Einer war schwarz, aber ich habe ihn in der Wüste gesehen.«

»Wirklich?« Coppers Nüstern blähten sich und sein Schwanz zuckte hinter ihm. »Ich habe seit vielen Jahren keinen unserer Brüder mehr gesehen.«

»Warum nicht?«, fragte Mina.

»Sie sind diejenigen, mit denen wir uns nicht verstehen.«

»Magst du das erklären?«

»Es ist eine lange Geschichte.«

»Ich habe etwas Zeit.«

Copper musterte sie einen Moment lang schweigend.

»Na gut. Die Geschichte beginnt vor tausend Jahren ...«

12

Es war spät am Abend, als Kapitän Burke Halt machte.

Caden zog seinen Helm ab und atmete tief die kühle Luft ein. Sein ganzer Körper war schweißgetränkt, und er konnte es kaum erwarten, die schwere Rüstung abzulegen. Einschließlich ihm selbst waren es etwas mehr als zwei Dutzend Runenkrieger. Der riesige Käfig auf Rädern, der den Drachen transportierte, wurde von zehn Clydesdales gezogen, gigantischen Tieren, die normale Pferde im Vergleich winzig erscheinen ließen.

Der Käfig war eigentlich ein Güterwagen, aus demselben Metall gefertigt wie ihre Rüstungen. Es gab eine einzige Tür an einem Ende, die mit Stahl verstärkt und mit Vorhängeschlössern gesichert war. Caden wusste nicht viel über Drachen, aber er hatte das Gefühl, dass wenn die Kreatur wirklich frei sein wollte, die dürftigen Verteidigungsmaßnahmen des Güterwagens sie nicht aufhalten könnten.

»Versammelt euch!«, rief Burke.

Alle drängten sich um den Kapitän und bildeten einen chaotischen Kreis.

»Wir werden hier unser Lager aufschlagen. Es gibt einen Hügel nicht weit von hier, wo wir sie zurücklassen werden, aber wir brauchen Tageslicht, damit wir den Käfig nirgendwo festfahren. Ich will zwei Mann auf Wache an jeder Ecke des Lagers. Wenn jemand auf Wache beim Schlafen erwischt wird, werdet ihr euch vor Kommandant Morin verantworten. Irgendwelche Fragen?«

Niemand sprach.

»Gut. Sabir und Lorn, ihr habt die Ostecke. Erik und Quinn, Westecke. Dirk und Finnis, Südecke. Asa und Boris, ihr seid an der Nordecke. Nach zwei Stunden weckt ihr jemanden, der euch ablöst. Es sollte eine ruhige Nacht werden, aber wenn ihr irgendetwas seht, alarmiert das Lager. Der Drache wurde sediert und sollte bewusstlos sein, bis wir längst weg sind, aber haltet euch trotzdem vom Käfig fern.«

Die Soldaten, die nicht für die Wache eingeteilt worden waren, begannen,

Schlafsäcke aus dem Wagen zu holen, der dem Güterwagen gefolgt war. Keiner von ihnen nahm jedoch seine Rüstung ab, und sie legten sich nur mit abgenommenen Helmen hin. Caden schnappte sich einen Schlafsack für sich selbst und suchte nach einem Platz zum Ausruhen. Die meisten seiner Kameraden hatten sich verstreut, aber einige hatten sich zusammengetan.

Er wählte einen Platz in der Nähe des Wagens und rollte den Schlafsack aus, aber es bot wenig Komfort. Der Brustpanzer drückte in seinen unteren Rücken und verursachte bei der kleinsten Bewegung stechende Schmerzen. Er zwang sich in eine sitzende Position und sah sich um.

Das Lager befand sich am Rand eines Waldgebiets, und die Landschaft war größtenteils flach. Caden stand auf, trug seinen Schlafsack zum Waldrand und platzierte ihn an einem der Bäume. Dann setzte er sich und lehnte sich dagegen. Obwohl es immer noch nicht bequem war, war es besser, als flach auf dem Boden zu liegen.

Sein Körper schmerzte vor Erschöpfung, aber er hatte Schwierigkeiten einzuschlafen. Der Nachthimmel über ihm erinnerte ihn an das letzte Mal, als er Mina gesehen hatte, und seine Gedanken wurden düster. Er hatte wegen Thais' Handlungen eine Nacht im Kerker verbracht und war zu einer anderen Domäne gezwungen worden. Er hatte geglaubt, dass sie Gefühle für ihn hatte, aber vielleicht war es so, dass sie ihn getäuscht hatte, damit er seine Wachsamkeit aufgab. Schließlich wurden seine Augen schwer und er döste ein.

Ein Schrei ließ ihn erschrocken aufwachen.

Verwirrt kletterte er auf die Füße und rieb sich die müden Augen. Es war noch dunkel. Das Klirren von Stahl hallte durch das Lager, und Caden erkannte, dass sie angegriffen wurden. Er setzte seinen Helm auf und rannte zum Wagen, duckte sich dahinter, als er zwei Personen in schwarzer Rüstung erblickte. Auf ihren Schulterstücken prangte ein Abdruck einer Krallentatze, umgeben von einer flammenden Sonne.

»Zieht euch zurück!«, es war Kapitän Burke. »Zu mir, Runenkrieger! Zu mir!«

Caden spähte um den Wagen herum und sah, dass der Kapitän vorne am Güterwagen stand. Eine Handvoll Runenkrieger war bereits bei ihm, aber alle anderen waren in Kämpfe mit ihren Angreifern verwickelt. Er eilte dorthin, wo Burke war, und hatte Mühe, seinen Schwung zu stoppen.

»Was ist los?«, fragte er.

»Ist das nicht offensichtlich? Wir werden angegriffen.«

»Ja, aber von wem? Und warum?«

»Sie tragen das Wappen von Lord Culver«, antwortete Burke. »Der Narr ist diesmal zu weit gegangen. Lord D'Lance wird seinen Kopf fordern.«

»Nur wenn er es herausfindet«, erwiderte Caden.

»Was soll das heißen?«

Caden zeigte nach vorne, und Burke wandte seinen Blick in die Richtung, in die er zeigte. Eine Schar Männer in schwarzer Rüstung, die das gleiche rote Wappen von Lord Culver trugen, kam den Hügel heruntergestürmt.

»Hier«, sagte Burke und reichte Caden ein Schwert. »Ich nehme an, du weißt, wie man damit umgeht?«

»Das tue ich.«

»Gut. Wenn sie den Drachen freilassen, sind wir mit Sicherheit tot. Wir müssen sie davon abhalten, sie rauszulassen.«

Caden umklammerte den Griff fest und nickte. Trotz der Schwere der Situation konnte er nicht umhin zu überlegen, wie sehr ihn das in Lord D'Lances Gunst steigen lassen würde, sollte er überleben. Aufregung und

Angst durchfluteten seine Sinne in einer verwirrenden Mischung, genau wie immer vor einer Schlacht.

Er senkte das Schwert und wartete, bis einer der herannahenden Männer nah genug war, dann trat er vor und schwang sein Schwert in einer aufwärts gerichteten Bewegung. Die Klinge kreischte gegen den Brustpanzer seines Gegners und traf seinen Helm, prallte ab und sandte starke Erschütterungen durch Cadens Arm.

»Wir sind in der Unterzahl, aber wir werden nicht kampflos untergehen!«, schrie Burke.

Die Worte stärkten Cadens Kampfgeist, und er drängte nach vorn, packte den Arm seines Gegners und wirbelte ihn herum. Er trat dem Mann in die Brust und stieß ihn rückwärts gegen die Tür des Güterwagens. Die Wucht ließ die Vorhängeschlösser wiederholt gegen den Metallrahmen schlagen, und Caden verglich den Klang mit dem Aufeinanderprallen von Waffen.

Er drehte sich um, um sich einem weiteren Feind zu stellen, und sah, wie einer seiner Kameraden niedergestreckt wurde. Der Mann trug keinen Helm, und sein Kopf wurde gespalten, als eine dunkle gepanzerte Gestalt ihn von der Seite traf. Caden konnte nicht glauben, wie viele Feinde es waren. Es schien, als würden ihre Reihen endlos den Hügel hinabströmen und Burkes gesamte Kompanie von Runenkriegern dezimieren.

»Die Lage sieht nicht besonders gut aus!«, rief er Burke zu.

Der Kapitän antwortete nicht, er kämpfte einfach weiter und schlug sich durch die Horde schattenhafter Männer. Etwas Helles flackerte voraus und erhellte die Dunkelheit. Caden richtete seine Aufmerksamkeit auf das Licht, und seine Augen weiteten sich. Die Silhouette eines in eine Robe gekleideten Mannes stand auf der Spitze des Hügels, und ein Feuerball wirbelte vor ihm. Die Gestalt zuckte mit dem Handgelenk, und die Flammen sausten den Hügel hinunter und trafen den Wagen neben dem Käfig.

»Verbotene Magie«, flüsterte er.

Wenn die Lage vorher schon düster ausgesehen hatte, so war sie jetzt doppelt so schlimm. Caden war noch nie vor einem Kampf davongelaufen, aber er hatte bisher auch nur an wenigen unbedeutenden Gefechten teilgenommen. Wenn er bliebe und kämpfte, wäre er so gut wie tot. Er wich ein paar Schritte zurück, jeder Instinkt schrie danach, sich umzudrehen und zu fliehen. Doch er tat es nicht. Aus irgendeinem unerfindlichen Grund blieb er einfach stehen und sah zu. Burke wurde niedergestreckt, und die übrigen Runenkrieger fielen kurz darauf.

Lauf! schrie er in Gedanken, aber seine Beine gehorchten ihm nicht.

Caden beobachtete, wie sich die Feinde von den Leichen seiner Kameraden abwandten und den Hügel hinaufstapften. Sie ignorierten ihn, als wäre er gar nicht da, als ob seine Anwesenheit so unbedeutend wäre, dass sie sich keine Sorgen um ihn machen müssten. Die Wahrheit wurde jedoch schnell offensichtlich, als die verhüllte Gestalt eine weitere Feuerkugel erschuf und sie durch die Luft schleuderte.

Cadens Beine bewegten sich endlich, und er trat zurück und war gerade im Begriff, sich umzudrehen, als der feurige Globus die Tür des Güterwaggons traf. Es gab eine laute Explosion, und etwas Hartes und Schweres traf ihn am Hinterkopf. Er brach zusammen und fiel in ein Meer der Dunkelheit.

13

Mina saß mit gekreuzten Beinen auf dem Boden und starrte zu Copper hoch, während er die Ereignisse der Vergangenheit erzählte. Seine Worte wirbelten um sie herum und erzeugten Bilder in ihrem Kopf, als wäre sie selbst dabei gewesen.

In jenen Tagen war die Beziehung zwischen Menschen und Drachen ganz anders als heute. Wir waren Verbündete, sogar Freunde. Drache und Mensch waren eng verbunden und teilten ihre Gedanken.

Wirklich? fragte Mina.

In der Tat.

Das habe ich noch nie gehört. Bis ich dich getroffen habe, dachte ich immer, Drachen seien hirnlose Tiere.

Dafür gibt es einen guten Grund.

Und der wäre?

Copper knurrte, ein tiefes Grollen, das aus seiner Brust drang. Mina spürte, wie der Boden unter ihr zitterte.

Manche Dinge sind besser vergessen, sagte er. *Und doch gibt es einen Grund, warum wir uns an jenem Tag im Mesa getroffen haben.*

Was meinst du damit?

Ich zögere, zu viel preiszugeben, aber ich fühle, dass ich dir Dinge erzählen muss, die du vielleicht noch nicht bereit bist zu hören.

Minas Gesicht runzelte sich. *Wenn du denkst, dass ich schwach bin, das bin ich nicht. Ich kann alles verkraften, was du zu sagen hast.*

Ich halte dich nicht für schwach. Wenn ich das täte, hätte ich dich mich nicht finden lassen. Du würdest immer noch in der Wüste umherirren. Nein, Mädchen, du bist stark. Stärker, als du ahnst.

Mina nahm den Duft von Zitrone und Nelke wahr.

Dann erzähl es mir.

Was du gleich erfahren wirst, muss geheim bleiben. Du darfst es mit niemandem teilen. Gib mir dein Wort.

Ich verspreche, dass ich das Wissen für mich behalten werde, sagte Mina.

Gut. Vor langer Zeit, als unsere beiden Arten noch freundlich miteinander umgingen, entstand eine Spaltung, als ein König unter den Menschen namens Maël beschloss, andere Länder zu überfallen. Er versuchte, uns für seinen Plan zu benutzen. Die Ältesten unter den Drachen weigerten sich, und ein Streit begann.

Mina wusste aus ihrer Erfahrung mit Lord Klodian und den anderen Adligen, dass diese immer um die Vorherrschaft kämpften. Es war fast so, als läge es in der menschlichen Natur, mehr haben zu wollen, nur um es zu besitzen.

Gingen Drachen und Menschen in den Krieg?

Fast, antwortete Copper. *Meine Art konnte eine solche Katastrophe abwenden.*

Wie?

Wir benutzten Magie.

Drachen können Magie benutzen?

Ja. Wir wurden am Anfang der Zeit aus Magie erschaffen, also können wir sie auch nutzen. Die Größten und Stärksten jeder Farbe versammelten sich und opferten sich, um einen Zauber zu wirken, der so mächtig war, dass er bis heute anhält.

Was war das für ein Zauber?

Ich kenne seinen Namen nicht, aber er bewirkte, dass die gesamte Menschheit vergaß, dass Drachen Verbündete waren. Das war alles, was er bewirken sollte, aber er führte auch dazu, dass die Menschen vergaßen, dass wir intelligente Wesen sind.

Und was ist mit mir? fragte Mina. *Wie kommt es, dass ich nicht vergessen habe, dass du sprechen kannst?*

Sobald ein Mensch die Wahrheit erfährt, hat der Zauber keine Macht mehr über ihn.

Mina dachte über Coppers Geschichte nach. Sie fand es schwer zu glauben, dass Drachen und Menschen einst Freunde waren. Die unbeabsichtigte Wirkung des Zaubers beantwortete viele Fragen, warf aber auch viele neue auf.

Du bist verwirrt über etwas. Was ist es?

Ich verstehe nicht, warum die Drachen wollten, dass wir unsere Allianz vergessen.

Wir wollten nicht als Waffen benutzt werden. Wir sind viel mehr als das.

Du sagst 'wir'.

Ja.

Warum?

Es gab eine Pause, und Copper stieß einen langen Atemzug durch seine Nüstern aus.

Ich war dabei, als es geschah.

Minas Augen weiteten sich. *Wie ist das möglich? Das würde dich ...*

Über tausend Jahre alt machen.

Ich wollte sagen uralt.

Mina kicherte, aber Copper knurrte verärgert.

Ich habe ein langes Leben gelebt und viele Dinge gesehen, aber ich habe noch nie einen Menschen mit einer Drachenschuppe in seinem Fleisch gesehen. Ich habe lange und intensiv darüber nachgedacht, wie man sie entfernen könnte, aber ich fürchte, ich bin zu keiner Lösung gekommen. Vielleicht werden meine Brüder die Antwort finden.

Warst du damals mit irgendwelchen Menschen befreundet?

Ja, das war ich. Einer meiner engsten Freunde war ein Mensch.

Was ist mit ihm passiert?

Er starb im Kampf gegen die Tyrannei. Als Maël seinen Einmarsch begann, schlachtete er unschuldige Menschen ab. Die Drachen und Menschen, die verbunden waren, kämpften gegen ihn. Das führte auch zur Spaltung zwischen den Drachenfarben. Die chromatischen Drachen stellten sich auf Maëls Seite und behaupteten, er sei im Recht, unser Königreich zu erweitern.

Copper schnaubte.

Es gibt keine Gerechtigkeit im Mord, nur Dunkelheit und Böses. Nachdem der Zauber gewirkt wurde, hörten die chromatischen Drachen auf, mit uns zu sprechen, und verschwanden. Der Rest meiner Brüder und ich kamen in die Wüste, um zu versuchen, die Vergangenheit zu vergessen. Bis Lord Klodian begann, uns zu jagen, hatten wir Frieden und Einsamkeit gefunden.

Mina wusste nicht, was sie sagen sollte, also blieb sie still. Drachen und Menschen waren einst Freunde gewesen. Der Gedanke verwirrte sie immer noch. Sie hatte Drachen den größten Teil ihres Lebens verabscheut. Die Vorstellung, dass einer ihr Freund sein könnte, erschien so ... fremd. Sogar gotteslästerlich.

Du warst mit deinem menschlichen Freund verbunden, nicht wahr?

Ja. Wir teilten unsere Gedanken und Wünsche miteinander. Wir waren ein Team ohne Rivalen. Wir kämpften zusammen bis zu dem Tag, an dem er fiel.

Wie hieß er?

Lucius. Copper blinzelte, und Mina schwor, sie sah seine Augen feucht werden. *Es ist viele Jahre her, seit ich seinen Namen ausgesprochen habe.*

Es tut mir leid, sagte Mina.

Die Emotion hinter Coppers Worten war so stark, dass es sich anfühlte, als könnte sie sie berühren. Sie wusste nicht, warum sie sich bei dem Drachen entschuldigte. Vielleicht war es das Gefühl der Traurigkeit, das er in ihr auslöste. Oder vielleicht war es das Gefühl, jemanden Nahestehenden verloren zu haben, das bei ihr Anklang fand. Sie hatte ihre Eltern, ihre Freunde und ihr ganzes Leben verloren, als sie vor Jahren in dieses Drachennest gefallen war.

Die Dämmerung naht. Du solltest gehen. Die Wüste ist nachts kein sicherer Ort.

Deine Sorge rührt mich, aber ich kann auf mich selbst aufpassen.

Das bleibt abzuwarten, aber ich bezweifle dein Selbstvertrauen nicht. Ich muss mich ohnehin mit meinen Brüdern treffen, also kann ich nicht bei dir bleiben.

Schon gut. Ich muss zurück zum Schloss, damit ich versuchen kann, das Ei zu bekommen. Mit etwas Glück habe ich es morgen für dich.

Copper breitete seine Flügel aus und streckte sich.

Ich hoffe, du hast Erfolg, aber wenn nicht, kannst du auch mit leeren Händen zurückkommen. Ich verspreche, dich nicht zu Asche zu verbrennen.

Das weiß ich zu schätzen, erwiderte Mina mit einem Schmunzeln.

Komm, ich bringe dich zum Fuß der Mesa.

Versuch nur, mir nicht die Arme aus den Gelenken zu reißen, ja?

Ich kann nichts garantieren.

Mina stand auf und klopfte sich den Staub von der Hose, dann hob sie die Arme. Copper schlug mit den Flügeln und erhob sich ein paar Fuß über sie in die Luft. Seine Krallen umschlossen ihre Arme und er trug sie von der Mesa. Mina's Magen machte einen Satz, aber sie fand den kurzen Flug aufregend. Als sie wieder sicher am Boden stand, strich sie sich die Haare aus dem Gesicht und blickte zu dem Drachen auf.

Viel Glück, sagte Copper.

Danke. Ich denke, ich werde jedes bisschen davon brauchen.

Sie saßen schweigend da, bis Mina es als unangenehm empfand. Sie räusperte sich.

Dann sehen wir uns morgen.

Leb wohl, Mina.

Copper stieß sich in den Himmel, gewann an Höhe, bevor er nach Süden abdrehte und über der Mesa verschwand. Mina kehrte zu Tempest zurück. Das Pferd stampfte ungeduldig mit den Hufen.

»Tut mir leid«, sagte sie. »Ich wollte nicht so lange brauchen. Hier.« Sie griff in die Satteltasche, holte einen Apfel heraus und bot ihn dem Tier an. Tempest wieherte leise und fraß ihn, wobei er ihre Hand ableckte.

»Igitt.« Sie wischte ihre Hand an ihrer Hose ab und stieg in den Sattel, dann wendete sie Tempest und trieb das Pferd vorwärts. Während sie ritt, dachte sie über Coppers Geschichte nach. Wenn er ihr helfen könnte, einen Weg zu finden, die Schuppe zu entfernen, dann würde sie vielleicht ihre Meinung über Drachen ändern.

Vielleicht würde sie sogar mit einem Freundschaft schließen.

14

Als Caden zu sich kam, explodierte vor seinen Augen ein Sternenmeer und er hatte die schlimmsten Kopfschmerzen seines Lebens. Die Morgendämmerung brach am Horizont an, und er fragte sich, wie lange er bewusstlos gewesen war.

Er lag mit dem Gesicht nach unten auf dem Boden, seine linke Wange gegen die Erde gedrückt. Ein paar Steine bohrten sich in seine Haut, und er konnte spüren, dass sein Mund lange offen gestanden hatte, da er völlig ausgetrocknet war. Als er versuchte aufzustehen, flammte der Schmerz in seinem Hinterkopf und Nacken auf.

»Götter«, keuchte er.

Caden kam auf die Beine und sah sich um. Überall lagen Leichen verstreut, eine Mischung aus Freund und Feind. Die Pferde, die an den Wagen und den Boxwagen gespannt gewesen waren, waren verschwunden. Sein erster Gedanke war, nach Überlebenden zu suchen, aber zuerst brauchte er Wasser. Er ging unsicher zu den Überresten des Wagens und wühlte in den Trümmern, bis er eine Feldflasche fand.

Er öffnete den Deckel und trank gierig. Die kühle Flüssigkeit linderte die Trockenheit in seinem Mund und Hals, aber seine Kopfschmerzen blieben. Caden lehnte sich gegen den Boxwagen und wartete, bis sein Blick wieder völlig klar wurde, dann machte er sich daran, das zerstörte Lager zu durchsuchen. Ihre Feinde hatten hart und schnell zugeschlagen, aber sie hatten keine ihrer Vorräte geplündert.

Das sagte Caden, dass es ihre einzige Absicht gewesen war zu töten. Er trank noch etwas Wasser und schleppte sich den Hügel hinauf. Oben lagen noch mehr Leichen, aber es waren alles Lord D'Lances Männer. Ein paar hundert Meter weiter ragte ein altes Steingebäude aus der Landschaft. Es war verlassen, und nach dem Wildwuchs zu urteilen, tat die Natur ihr Bestes, um den Raum für sich zurückzuerobern.

Er nahm an, dass sie den Drachen dort zurücklassen wollten, aber es ergab keinen Sinn. Nichts ergab zu diesem Zeitpunkt einen

Sinn. Caden starrte schweigend auf das Gebäude und versuchte, die Teile zusammenzusetzen. Eine Bewegung in den Bäumen ließ sein Herz in der Brust hüpfen. Waren die Feinde zurückgekehrt, um ihn endgültig zu erledigen?

Ein Pferd trat ins Blickfeld und wieherte leise. Die Lederriemen, die das Tier an den Boxwagen gebunden hatten, waren noch vorhanden und baumelten lose an seinen Seiten.

»Ein kleiner Segen«, flüsterte Caden.

Lord D'Lance musste erfahren, was hier geschehen war. Eine andere Gruppe von Männern würde den Boxwagen sichern und den Drachen in sein Gefängnis bringen müssen. Caden näherte sich dem Pferd, griff nach einem der Lederriemen und führte das Pferd den Hügel hinunter. Seltsamerweise fand er es schwieriger, den Hügel hinunterzugehen, als hinaufzugehen.

Er blickte auf den Boxwagen und hielt inne. Die Tür lag am Boden, und das Innere war leer. Der Drache war entkommen. Caden beeilte sich, so schnell er konnte, den Rest des Weges hinunterzugehen und band das Pferd an die Deichselstange, die noch am Boxwagen befestigt war. Ihm wurde klar, dass die Tür wohl von dem Feuerball weggeschleudert worden war, der sie getroffen hatte. Das war wahrscheinlich das, was ihn getroffen und bewusstlos geschlagen hatte.

Es erschien ihm verdächtig, dass ihre Feinde gewusst hatten, dass sie hier sein würden. Hatten sie gewusst, dass sie einen Drachen transportierten? Und wenn ja, hatten sie ihn zurück in Lord Culvers Herrschaftsgebiet gebracht? Der letzte Gedanke schien unwahrscheinlich. Sie hätten den Boxwagen mitgenommen. Es gab zu viele Fragen, und sie verschlimmerten nur seine Kopfschmerzen.

Ein Stöhnen zog seine Aufmerksamkeit auf sich, und er bewegte sich in Richtung des Geräusches. Teilweise von der Tür des Boxwagens bedeckt lag Hauptmann Burke. Caden zog das Metallblech von dem Mann und sah ihn sich an. Der Hauptmann war verwundet. Obwohl seine Verletzungen nicht tödlich zu sein schienen, würde er nicht alleine laufen können. Caden kniete sich neben ihn.

»Sir? Können Sie mich hören?«

Burke nickte leicht und zuckte vor Schmerz zusammen.

»Ich habe eines der Pferde gefunden, und ich werde Sie darauf setzen. Es wird wahrscheinlich wehtun.«

»Bring es einfach hinter dich«, zischte Burke.

»Jawohl, Sir.«

Caden schob einen Arm unter Burkes Nacken und hob ihn in eine sitzende Position. Burkes Kiefer war fest zusammengepresst, und Caden entfernte hastig die Rüstung des Mannes und legte sie beiseite. Er war sich nicht sicher, ob seine eigene Rüstung ihn behindern würde, aber er nahm trotzdem den Brustpanzer ab und hob den Hauptmann vom Boden hoch.

Trotz seiner geringen Größe war der Mann schwerer, als er aussah. Cadens Muskeln brannten, als er Burke zum Pferd trug. Er war sich nicht sicher, wie er ihn auf das Tier bekommen sollte, also murmelte er dem Hauptmann eine Entschuldigung zu und warf ihn praktisch in die Luft. Burke half, indem er sich am Sattelhorn festhielt, und zwischen ihren beiden Bemühungen schafften sie es, ihn auf den Rücken des Pferdes und einigermaßen in den Sattel zu bekommen.

Nachdem Burke untergebracht war, wandte Caden seine Aufmerksamkeit der Tür des Boxwagens zu. Sie war nicht übermäßig schwer, und er hatte eine Idee. Er schnitt einige der Lederriemen von der Deichselstange ab und band sie zusammen, dann befestigte er ein Ende am Sattel und das andere an der Tür. Er legte Burkes Rüstung darauf, sowie seine eigene, und zog die Leiche eines ihrer Feinde darauf. Jetzt hatten sie einen Beweis dafür, wer sie angegriffen hatte, und Lord D'Lance konnte mit der Information machen, was er wollte.

Die ganze Anstrengung verstärkte seine Kopfschmerzen, und er musste einen Moment ausruhen, um nicht ohnmächtig zu werden. Er trank stetig das Wasser aus der Feldflasche, die er gefunden hatte, bis sie leer war, dann griff er nach den Zügeln und begann den Rückweg zum Schloss. Burke pendelte zwischen Bewusstsein und Bewusstlosigkeit hin und her, was Caden zwang, sich auf seine vage Erinnerung an die Route zu verlassen, die sie genommen hatten.

Seine Kraft verließ ihn mehrmals, und er sank zu Boden und wartete, bis seine Muskeln sich ausgeruht genug fühlten, um weiterzumachen. Caden verlor jegliches Zeitgefühl, aber er wusste, dass er Fortschritte machte, als er begann, Orientierungspunkte zu erkennen, die er gesehen hatte. Als das Schloss in Sicht kam, stand die Sonne hoch am Himmel.

»Wir haben es geschafft«, sagte Caden und erkannte seine eigene heisere Stimme kaum wieder.

Er sah über seine Schulter und sah, dass Burke nach vorne über dem Sattel zusammengesunken war. Eine Blutspur lief von seinem Bein die Seite des Pferdes hinunter, und Caden fürchtete, dass der Hauptmann tot sein könnte. Burkes Augen öffneten sich einen Spalt.

»Finde Angus«, sagte er schwach.

Caden wollte nichts lieber, als sich hinzulegen und die Augen zu schließen, aber er wusste, dass sie wahrscheinlich beide sterben würden, wenn er das täte. Er zwang sich weiterzugehen und zählte seine Schritte als eine Möglichkeit, sich auf etwas anderes als den Schmerz zu konzentrieren. Sie erreichten die Tore, und die diensthabenden Wachen eilten ihnen zu Hilfe, einer von ihnen sprintete los, um den Kommandanten zu finden.

Schon bald wimmelte es im Innenhof von Aktivität. Anführer verlangten zu wissen, was passiert war, und versprachen Vergeltung. Caden versuchte, die Ereignisse zu schildern, aber das Chaos war zu groß. Er brach vor Erschöpfung zusammen und wurde in die Krankenstation gebracht.

Glücklicherweise hielten die Heiler jeden davon ab, sie zu stören, und Caden konnte sowohl seinen Körper als auch seinen Geist ausruhen. Er döste immer wieder ein und aus, bis er die kraftvollen Schritte von Stiefeln hörte.

Kommandant Morin war eingetroffen, und Lord D'Lance war bei ihm. Sie sprachen zuerst mit den Heilern und kamen dann an sein Bett.

»Erzählen Sie mir alles«, verlangte Lord D'Lance.

15

Mina kam gerade bei Sonnenuntergang zurück zur Klodian-Festung. Sie stieg von Tempest ab und führte das Pferd zum Stall. Aram arbeitete immer noch, und als er sie sah, nahm er ihr die Zügel ab und führte das Tier hinein.

»Ich fing schon an, mir Sorgen zu machen«, sagte er.

»Du hast dir Sorgen um mich gemacht?«

»Nein, ich hab mir Sorgen um Tempest gemacht. Sobald die Tore bei Einbruch der Dunkelheit geschlossen werden, kommt niemand mehr rein. Ich wollte nicht, dass sie die ganze Nacht draußen in der Witterung festsitzt.«

»Das würde ich nicht zulassen«, erwiderte Mina. »Und selbst wenn es passieren würde, würde ich mich um sie kümmern.«

»Wie dem auch sei, ich hätte gerne alle meine Pferde vor Einbruch der Dunkelheit berücksichtigt. Ich stelle niemandem Fragen, aber wenn du dich nicht an meine Regeln halten kannst, muss ich Lord Klodian über deine Ausflüge außerhalb der Burg informieren. Wo gehst du überhaupt hin?«

»Ich reite einfach nur herum. Es entspannt mich.«

Aram musterte sie, und sie dachte, er würde das Gespräch fortsetzen. Stattdessen zuckte er mit den Schultern und scheuchte sie aus dem Stall. Mina ging in die Burg und hielt in der Speisehalle an, um zu sehen, ob noch etwas zu essen übrig war. Es gelang ihr, genug Reste zusammenzukratzen, um eine vollständige Mahlzeit daraus zu machen, und sie nahm sie mit auf ihr Zimmer.

Sie sollte sich um Mitternacht mit Thais treffen, und sie war völlig erschöpft. Sie war versucht, dem Runenmeister eine Nachricht zu schicken, dass sie es stattdessen morgen Nacht versuchen würden, aber das Ei zu Copper zu bringen, war zu wichtig. Es garantierte, dass er ihr helfen würde, einen Weg zu finden, die Schuppe zu entfernen, und das wollte sie über alles andere. Der Schlaf musste warten.

Mina betrat ihr Zimmer und setzte sich aufs Bett, während sie ihr Essen hinunterschlang. Sie fragte sich, ob Thais sich eine geeignete Ablenkung ausgedacht hatte. Wenn nicht, müssten sie einfach improvisieren. Und dann war da noch die Sache mit dem mysteriösen Paar, das Klodian stürzen wollte. Mina beschloss, dieses Problem Thais zu überlassen. Sie hatte genug damit zu tun, das Ei zu stehlen.

Nachdem sie mit dem Essen fertig war, legte sie sich hin und starrte an die Decke. Ihr Magen war voll, und ihre Erschöpfung schien sich zu verstärken. Sie gähnte und kämpfte darum, ihre Augen offen zu halten, schlief aber trotzdem ein. Sie schreckte aus einem Albtraum hoch und schaute zum Fenster. Es war dunkel.

»Verdammt«, murmelte sie.

Ein Blick auf die Wasseruhr zeigte, dass es kurz nach Mitternacht war. Mina fluchte und kletterte vom Bett, eilte aus dem Zimmer und durch die Gänge. Die Burg war ruhig, und Mina begegnete niemandem außer ein paar Wachen, die ihre Runden gingen. Sie interessierten sich für sie, bis sie erkannten, wer sie war, dann ignorierten sie sie und gingen ihren Geschäften nach.

Mina verließ die Burg und schaute sich im Innenhof um. Sie sah Thais nicht. Die Frau war wahrscheinlich müde geworden, auf sie zu warten, und in die Kaserne zurückgekehrt.

»Hier drüben!« flüsterte eine Stimme harsch.

Mina spähte in die Schatten, die die Seite der Burg verhüllten. Versteckt unter ihnen war Thais. Sie trat ins Licht und runzelte die Stirn.

»Du bist spät dran.«

»Tut mir leid. Ich bin eingeschlafen.«

»Muss schön sein. Machen wir das jetzt oder was?«

»Ja, natürlich. Mir gefallen die Dienerroben, die du trägst. Das sollte uns helfen, unerwünschte Aufmerksamkeit zu vermeiden. Hat sie eine Kapuze?«

Als Antwort griff Thais nach hinten und zog sich eine Kapuze über den Kopf, die ihr Gesicht verbarg.

»Folge mir«, sagte Mina.

Sie führte Thais in die Burg und hielt ihr Tempo schnell. Anstatt vorwärts durch das Labyrinth von Gängen zu gehen, bog sie nach links ab und ging die Treppe hinunter, die zur unteren Ebene der Burg führte.

»Warst du schon mal im Kerker?«

»Nein«, antwortete Thais.

»Der Raum, in den wir reinkommen müssen, ist direkt vor dem Kerker, also werden wahrscheinlich ein paar Wachen da sein. Was hast du dir als Ablenkung ausgedacht?«

»Ich arbeite noch daran. Du hast mir nicht viel Zeit zur Vorbereitung gegeben, und meine Gedanken waren mit meinen Pflichten beschäftigt.«

»Solange niemand sieht, wie ich den Raum betrete, sollte alles in Ordnung sein. Du musst nur die Aufmerksamkeit von mir ablenken.«

»Wie lange?« fragte Thais.

»Ein paar Minuten. Ich weiß, dass das Ei dort drin ist, ich weiß nur nicht genau, wo es aufbewahrt wird.«

»Welches Ei?«

Mina sog scharf die Luft ein, als ihr ihr Fehler bewusst wurde. Sie ignorierte die Frage und ging weiter die Treppe hinunter. Sie erreichten den Fuß der Treppe und Thais sah sie erwartungsvoll an.

»Ich habe dir schon gesagt, ich werde alles erklären, wenn wir das hier durchziehen.«

»Ja, ja. Welchen Weg?«

Zwei Gänge zweigten vom Treppenabsatz ab, einer nach links und der andere geradeaus.

»Ich bin mir nicht sicher, wohin der führt«, sagte Mina und deutete auf den linken Korridor. »Wir gehen hier lang.«

Sie gingen weiter und Mina erstarrte, als sie Stimmen hörte. Es war kein Anzeichen von jemandem vor ihnen zu sehen, und sie erkannte schnell, dass die Stimmen aus einem der Räume kamen. Mina bedeutete Thais, ihr zu folgen, und die beiden gingen leise weiter.

»Es kommen Veränderungen auf das Thophat zu, ob es Ihnen gefällt oder nicht. Wenn Sie in diese Veränderungen einbezogen werden wollen, täten Sie gut daran, sich mit den richtigen Leuten zu verbünden.«

Mina erkannte die Stimme als die des Mannes, den sie belauscht hatte, als er über den Sturz Klodians sprach. Ihr Herz begann zu rasen, und sie wandte sich zu Thais.

»Das ist einer von ihnen«, flüsterte sie.

»Wer?«

»Die beiden Leute, von denen ich dir erzählt habe, die den Spion erwähnt haben. Das ist der Mann.«

»Mit wem spricht er?« fragte Thais.

»Ich weiß nicht.«

Mina trat näher an die Tür heran und neigte langsam den Kopf, um hineinzuschauen. Die Tür stand einen Spalt offen, aber nicht weit genug, dass sie den sprechenden Mann sehen konnte.

»Sie sagten, dass Lord D'Lance Beweise für ein Verbrechen hat. Von welchem Verbrechen sprechen Sie?« Es war die Stimme von Hauptmann Eduard.

Mina und Thais tauschten Blicke aus.

»Verrat am Hohen Prinzen«, antwortete der Mann. »Lord Klodian ist in eine Verschwörung mit Lord Culver verwickelt. Sie wollen einen Krieg anzetteln.«

»Wovon redet er da?« Thais runzelte die Stirn. »Lord Klodian plant überhaupt nichts.«

»Soweit wir wissen«, sagte Mina. »Er ist schon eine Weile abwesend.«

»Er ist nicht in der Burg?«

»Doch, aber er ist in seinen privaten Gemächern, abgeschottet von allem. Ich habe ihn nicht mehr gesehen, seit er mir meine Freiheit gab.«

»Das heißt nicht, dass er in irgendetwas Unrechtes verwickelt ist.«

»Nicht unbedingt, aber wer weiß das schon?«

»Meine Loyalität gilt dem Dominion«, sagte Kapitän Eduard. »Wer auf seinem Thron sitzt, ist mir egal.«

»Das werte ich als Zusage Ihrer Unterstützung, und ich werde sicherstellen, dass Lord D'Lance Sie für Ihre Dienste belohnt. Am Ende ist es das oberste Ziel, den Hohen Prinzen zu schützen. Ich werde mich melden, wenn die Zeit reif ist. Bis dahin läuft alles wie gewohnt. Ich danke Ihnen für Ihre Zeit, Kapitän.«

Mina packte Thais am Arm und zog sie zur Tür auf der anderen Seite des Flurs. Sie betraten den Raum und Mina ließ die Tür einen Spalt offen, um in den Flur zu spähen. Sie sah, wie Kapitän Eduard den Raum verließ und die Tür hinter sich schloss. Er ging auf die Treppe zu, mit einem besorgten Gesichtsausdruck.

»Ich glaube, der Kapitän ist nicht glücklich über das, was ihm gesagt wurde«, sagte Mina.

»Das ist nicht überraschend. Er ist dem Dominion treu, aber auch Lord Klodian. Ich weiß nicht, was unser mysteriöser Mann vorhat, aber es kann nichts Gutes sein.«

»Er will Lord Klodian stürzen, aber es hört sich an, als stecke jemand anderes dahinter. Wer ist Lord D'Lance?«

»Er ist der oberste Hund unter den Dominion-Lords. Er befehligt mehr Soldaten als jeder andere außer dem Hohen Prinzen selbst. Ist noch jemand anders mit ihm in diesem Raum?«

»Ich bin mir nicht sicher«, antwortete Mina. »Ich habe nur Kapitän Eduard gehört.«

»Wir sollten ihn konfrontieren, herausfinden, was los ist.«

»Nein. Wir müssen uns an den Plan halten.«

»Pläne ändern sich«, sagte Thais, ihr Ton aufgeregt. »Wir können das alles jetzt aufklären.«

Bevor Mina mit ihr streiten konnte, öffnete Thais die Tür und schritt über den Flur.

»Halt!«

Thais schenkte ihr keine Beachtung. Sie stieß die andere Tür auf und ging hinein. Es gab einen Schrei, gefolgt von einem Krachen. Mina schluckte schwer und spähte den Flur hinunter zum Kerker, aus Angst, dass die Wachen kommen würden, um nachzusehen. Stille legte sich über den Flur, und keine Wachen kamen. Thais erschien in der Türöffnung.

»Komm rein«, sagte sie.

Mina eilte über den Flur und folgte ihr in den Raum. Ein Mann lag bewusstlos am Boden.

»Was hast du getan?«, fragte Mina fordernd.

»Ich beschütze Lord Klodian. Wenn dieser Mann ein Spion ist, können wir die Antworten, die wir brauchen, von ihm bekommen.«

»Wie?«

Thais grinste. »Indem wir ihn foltern, natürlich.«

Mina blickte vom reglosen Mann zu Thais und wieder zurück. Sie hatte das sinkende Gefühl, dass sie heute Nacht nicht an das Ei kommen würde.

»Sein Freund wird merken, dass er vermisst wird. Die Frau.«

»Dann werden wir eine Nachricht für sie hinterlassen, die besagt, dass er gehen musste. Das ist wichtig. Wichtiger als dein Ei, was auch immer das ist. Es sei denn, du möchtest jetzt die Details darüber preisgeben?«

Mina kaute auf ihrer Unterlippe. Sie brauchte Thais' Hilfe, um an das Ei zu kommen, aber sie vertraute der Frau nicht genug, um ihr irgendetwas zu erzählen. Da war auch die Tatsache, dass Copper trotz seines freundlichen Auftretens sie vielleicht nur benutzte. Und dann war da noch Lord Klodian, der einzige Mann, der stark genug war, um einen Drachen allein zu töten. Es war zu viel los.

»Ich helfe dir, wenn du schwörst, dass wir morgen Nacht das Ei holen.«

»Das werden wir. Auf mein Wort als Runenmeisterin.«

»Gut.« Mina blickte auf den Mann hinab. »Was machen wir mit ihm?«

16

Nachdem Caden das Wenige, woran er sich über den Angriff erinnern konnte, berichtet hatte, ließen Lord D'Lance und Kommandant Morin ihn ausruhen. Eine Heilerin näherte sich seinem Bett und lächelte warmherzig. Sie trug weiße Gewänder und hatte auffallend blaue Augen.

»Wie fühlst du dich?«, fragte sie.

»Mein Kopf dröhnt«, antwortete er.

»Du hast ein Kopftrauma. Und du wurdest auch verbrannt. Es ist ein Wunder, dass du überhaupt überlebt hast, geschweige denn es zurück zur Burg geschafft hast.«

Caden war überrascht von ihren Worten. Er hatte sich zwar schlecht gefühlt, aber nicht gedacht, dass seine Verletzungen ihn hätten töten sollen. Er hielt sich für glücklich.

»Ich habe eine Salbe, die bei der Verbrennung helfen wird, aber es wird etwas wehtun, wenn ich sie auftrage.«

»Ich denke, ich kann das aushalten.«

Die Heilerin half ihm, sich auf die Seite zu drehen, und dann berührten ihre sanften Hände vorsichtig seine Haut. Eine Welle des Schmerzes überkam ihn, und seine Augen rollten nach hinten. Als er wieder zu sich kam, lag er erneut auf dem Rücken. Der Schmerz der Verbrennung hatte nachgelassen, aber seine Kopfschmerzen blieben unverändert, ein ständiges Pochen in seinem Hinterkopf.

»Soldat.« Es war Burke.

Caden setzte sich auf und sah, dass der Hauptmann ein paar Betten weiter in derselben Reihe wie er lag.

»Herr?«

»Danke, dass Sie mein Leben gerettet haben.«

»Ich habe nur meine Pflicht getan, Herr.«

»Mag sein, aber nicht viele Männer zeigen die Charakterstärke, die Sie an den Tag gelegt haben. Ich sah Ihren Hinterkopf und dachte, Sie würden mir wegsterben. Ich bin froh zu sehen, dass Sie noch hier sind.«

»Es braucht mehr als eine Kopfverletzung, um mich auszuschalten, Herr«, sagte Caden.

Burke lachte leise, dann schwieg er für einen langen Moment.

»Sie haben mehr getan, als ich erwarten konnte, aber ich fürchte, ich muss Sie um noch mehr bitten.«

»Was soll ich tun?«

Burke blickte zu den Heilerinnen im Raum. »Ich sage es Ihnen heute Abend.«

Nach dem Verhalten des Hauptmanns zu urteilen, wusste Caden, dass es etwas Geheimes sein musste. Jetzt, wo seine Neugierde geweckt war, wurde er ungeduldig, dass die Zeit verging. Er legte sich wieder hin und versuchte zu ruhen, aber sein Geist war zu wach. Er ließ die Ereignisse der letzten Nacht Revue passieren. Der vermummte Mann, der die Feuerbälle geworfen hatte, hatte Magie benutzt. Magie, die per Dekret des Hohen Prinzen verboten war.

Wenn Lord Culver wirklich versuchte, einen Krieg zu provozieren, wären seine Handlungen von letzter Nacht sicherlich der

Auslöser. Caden erinnerte sich an das, was Thais ihm erzählt hatte, dass ihr Vater im Kampf getötet wurde. Lord Culver nannte ihn einen Versager und verbannte Thais und ihre Mutter aus seiner Domäne. Der Mann war ein gesetzloses Monster.

Die Stunden vergingen eintönig, abgesehen von den Heilerinnen, die kamen, um Salbe auf seine Verbrennung aufzutragen oder ihm Essen zu bringen. Seine Kopfschmerzen ließen schließlich zu einem leichten Pochen nach, und er verbrachte einen Teil der Zeit damit, den Schmutz unter seinen Fingernägeln zu entfernen. Als das Sonnenlicht, das durch die Fenster strömte, zu verblassen begann, kam eine der Heilerinnen, um nach ihm zu sehen.

»Angesichts der Art deiner Verletzungen werden wir dich über Nacht hier behalten. Wir erwarten keine Probleme, aber es wird jemand Dienst haben. Wenn du dich irgendwie schlecht fühlst, läute die Glocke an der Tür.«

»Danke«, sagte Caden. »Glaubst du, ich kann morgen früh gehen?«

»Das bleibt abzuwarten. Wir wollen nicht, dass du deine Verletzungen verschlimmerst, also werden wir es von Tag zu Tag sehen.«

Während Caden die Vorstellung nicht mochte, tagelang herumzuliegen, wollte er auch seine Heilung nicht stören. Er beobachtete, wie die Heilerin die Krankenstation verließ, und richtete dann seine Aufmerksamkeit auf Burke. Der Hauptmann hatte die Augen geschlossen und schien zu schlafen. Als die Nacht vollständig hereingebrochen war, rief Burke seinen Namen.

»Kommen Sie her.«

Caden erhob sich vorsichtig vom Bett und ging langsam zu Burke hinüber. Der Oberkörper des Hauptmanns war mit Bandagen umwickelt. An einer Stelle an seinen Rippen sickerte Blut durch, aber es war nicht genug, um Sorge zu erregen.

»Ich kann mich nicht viel bewegen«, sagte Burke. »Sind wir allein?«

Caden sah niemanden, aber er ging im Raum herum, nur um sicher zu sein.

»Alles klar.«

»Gut. Ich brauche Sie, um zum Ort unseres Angriffs zurückzukehren und nach allem Ungewöhnlichen Ausschau zu halten.«

Caden runzelte die Stirn, was einen kurzen Schmerzstich durch seinen Nacken jagte.

»Sie müssen mir vertrauen. Irgendetwas stimmt nicht mit diesem Hinterhalt.«

»Was meinen Sie? Hat Lord Culver nicht versucht, einen Krieg anzuzetteln? Uns anzugreifen würde Lord D'Lances Zorn auf ihn herabbeschwören, was wahrscheinlich zum Krieg führen wird. Er hat sein eigenes Todesurteil unterschrieben.«

»Das ist das Problem«, sagte Burke und senkte seine Stimme. »Ich glaube nicht, dass Lord Culver dahintersteckt.«

»Warum nicht?«

»Ich diente eine Zeit lang unter Lord Culver, bevor ich vor ein paar Jahren hierher versetzt wurde. Lord Culver ist einer der ehrenhaftesten Männer, die ich je kennengelernt habe. Als ich sein Wappen auf der Rüstung der Soldaten sah, die uns angriffen, fühlte sich das nicht richtig an.«

»Menschen ändern sich«, erwiderte Caden. »Vielleicht ist er nicht mehr der Mann, den Sie einst kannten.«

»Menschen *können* sich ändern, aber ich glaube nicht, dass Lord Culver zu einem Tyrannen werden würde. Seine Domäne ist dem Hohen Prinzen am nächsten und wurde lange von den anderen Domänenherren begehrt.«

Er nannte keine Namen, aber Caden verstand den Hinweis.

»Warum sollte Lord D'Lance Culvers Domäne wollen? Er hat hier mehr Soldaten und Land.«

»Es geht nicht um die Größe, sondern um die Lage. Lord Culvers Domäne ist das Einzige, was zwischen einer Armee und dem Hohen Prinzen steht.«

»Wenn jemand den Hohen Prinzen angreifen wollte, müsste er zuerst durch alle Domänen kommen«, argumentierte Caden. »Sie würden nicht weit kommen.«

»Es sei denn, der Angreifer ist ein Domänenherr.«

Caden öffnete den Mund, um zu antworten, und hielt inne. Der Hauptmann hatte einen gültigen Punkt.

»Sie glauben, Lord D'Lance versucht, es so aussehen zu lassen, als ob Lord Culver Unruhe stiftet, damit er seine Domäne übernehmen kann?«

Burke nickte stumm.

»Zu welchem Zweck?«

»Wer weiß, obwohl ich meine Vermutungen habe«, antwortete Burke. »Unsere Loyalität gilt unserem Herrn der Domäne, aber letztendlich dem Hohen Prinzen. Wenn es am Ort des Hinterhalts nichts gibt, was meine Aussagen bestätigt, dann haben wir nichts zu befürchten. Sollte es jedoch etwas geben, müssen wir den Hohen Prinzen umgehend informieren.«

Caden stimmte zu, dass das von Burke gezeichnete Bild beunruhigend war.

»Gibt es etwas Bestimmtes, wonach ich Ausschau halten soll? Und was ist mit dem Drachen? Was, wenn er noch da draußen ist?«

»Der Drache wird sicher längst weg sein. Überprüfe einfach die Leichen. Wenn es wirklich Lord Culvers Runenmeister sind, werden sie seine Rune tragen. Das ist das Einzige, woran ich denken kann.«

»Ich werde gleich morgen früh aufbrechen«, sagte Caden.

»Nein, du musst heute Nacht los. Wenn ich Recht habe, dann ist Zeit etwas, wovon wir nicht genug haben.«

»Heute Nacht? Ich konnte kaum geradeaus zu deinem Bett laufen. Es gibt keine Möglichkeit, dass ich es so weit zu Fuß schaffe.«

»Das musst du auch nicht.«

Burke streckte seine Hand aus und hielt eine kleine Anstecknadel hoch. Lord D'Lances Wappen war auf der Vorderseite eingraviert.

»Dies wird dir Zugang zu allem verschaffen, was ich als Hauptmann habe, einschließlich eines Pferdes. Das wird es dir ermöglichen, vor dem Morgen hin- und zurückzukommen.«

Caden fühlte sich, als würde er irgendwie hinter Lord D'Lances Rücken arbeiten. Der Mann hatte ihn akzeptiert und ihm sogar die Möglichkeit geboten, den Ruhm und Reichtum zu verdienen, den er wollte.

»Ich weiß nicht, ob ich das tun kann«, sagte Caden.

»Es gibt niemand anderen. Wir waren die Einzigen, die gesehen haben, was passiert ist, und überlebt haben. Ich kann überhaupt nicht laufen, also musst du es sein.«

Caden wollte nein sagen. Er wollte alles vergessen, was Burke ihm erzählt hatte, und Lord D'Lance ohne Fragen dienen. Aber er konnte es nicht, nicht bevor sein Geist von den Zweifeln befreit war, die Burke gesät hatte.

Caden nahm die Anstecknadel.

17

Nachdem Mina und Thais ihren Gefangenen gefesselt und geknebelt hatten, hatten sie ihn heimlich in eine der Zellen im Kerker gebracht, um ihn sicher zu verwahren. Thais hatte einen Brief geschrieben, da sie schreiben konnte, und Mina hatte ihn dem Partner des Mannes zugestellt, indem sie ihn unter der Tür ihres Zimmers durchgeschoben hatte.

Mina war sich nicht sicher, ob die Frau glauben würde, dass ihr Mitverschwörer plötzlich weggerufen worden war, aber Thais hatte sie überzeugt, dass dies die logischste Erklärung für seine Abwesenheit sei. Dann half sie Thais aus dem Schloss und kehrte in ihr Zimmer zurück, wo sie ein paar Stunden Schlaf bekam.

Ein schwaches Licht schien durch ihre Fenster, als die Dämmerung anbrach, und sie zwang sich aus dem Bett. Sie musste Copper nicht so früh besuchen, aber sie wollte sicher sein, dass sie vor Einbruch der Dunkelheit zurück sein würde. Thais hatte erwähnt, den Gefangenen zu verhören, aber Mina weigerte sich, irgendetwas zu tun, bevor sie das Ei in ihren Händen hatte.

Sie ging hinunter in die Speisehalle und aß schnell etwas zum Frühstück, dann machte sie sich auf den Weg zum Stall. Aram war nicht da, aber ein jüngerer Mann schaufelte gerade die Boxen aus. Mina fragte nach Tempest, und der Mann übergab ihr das Pferd ohne Fragen. Es war merkwürdig, dass Aram nicht arbeitete, aber sie nahm an, dass er genauso wie jeder andere eine Pause brauchte.

Mina ließ das Schloss hinter sich und führte Tempest in Richtung der Mesa, wo sie sich mit Copper getroffen hatte. Sie hatte sich daran gewöhnt, seine Präsenz durch die Schuppe ständig zu spüren. Unabhängig von der Entfernung zwischen ihnen war er immer da. Es war ein weiteres Rätsel, das sie zu lösen hoffte.

Tempest wurde langsamer, als sie die Mesa erreichten, und begann zu wiehern, wobei sie ihren Kopf gegen die Zügel ruckte. Mina tätschelte beruhigend den Hals des

Pferdes und suchte den Himmel ab. Auf der Mesa konnte sie Coppers Kopf sehen, wie er auf sie herabblickte.

Ich sehe, du bist ohne das Ei zurückgekehrt, dröhnte seine Stimme in ihrem Kopf.

Ja. Die Dinge liefen nicht nach Plan.

Willst du, dass ich dich hier hochbringe?

Mina zögerte. Es war sicherlich schneller als zu klettern, aber auch erschreckend. Sie debattierte hin und her mit sich selbst, bis Coppers glucksendes Lachen ihre Gedanken unterbrach.

Was?

Ich hatte vergessen, wie Menschen denken. Es ist wirklich unterhaltsam.

Du kannst meine Gedanken hören?

Manchmal, antwortete Copper. *Wenn du so nah bist wie jetzt. Es ist schwieriger, wenn du weiter weg bist.*

Mina fühlte sich plötzlich befangen. Hatte er all ihre Gedanken während ihrer letzten Begegnung gehört? Hörte er sie jetzt? Sie schüttelte den Kopf, um ihre Gedanken zu klären, und führte Tempest zum Anhalten. Sie rutschte aus dem Sattel und ging um die Mesawand herum, bis Tempest nicht mehr sichtbar war.

Ein Rauschen erfüllte die Luft und Copper landete vor ihr auf dem Boden. Seine Flügel waren ausgestreckt, und als Mina sich ihm näherte, konnte sie das Licht durch die Membran seiner Flügel scheinen sehen, das Adern und kleine Löcher hervorhob.

Beeinträchtigen diese Löcher deine Flugfähigkeit? fragte sie.

Nein.

Wie hast du sie bekommen?

Meistens durch Kämpfe.

Mit anderen Drachen?

Ein paar davon, ja.

Mina streckte ihre Arme aus und versuchte, ruhig zu bleiben. Copper sprang in die Luft und schlug mit den Flügeln, packte sie und hob sie in die Luft. Der Instinkt zu schreien kratzte an ihrem Verstand wie beim ersten Mal, aber sie hielt ihren Mund fest geschlossen. Ihre Füße berührten wieder den Boden und sie atmete erleichtert aus. Coppers Flügel wirbelten den Staub auf, was Mina zum Husten brachte, als er in ihre Nase und ihren Mund gelangte. Als er sich gelegt hatte, starrte Copper sie eindringlich an.

Was ist mit dem Ei passiert?

Die Person, die ich um Hilfe gebeten hatte, hat meinen Plan ruiniert. Sie sollte

Aufmerksamkeit erregen, damit ich in den Raum kommen und es stehlen konnte.

Weiß sie, wonach du suchst?

Nein. Mina erinnerte sich an ihren Ausrutscher und korrigierte sich. *Nun, ich glaube nicht.*

Hat sie versucht, dich zu sabotieren?

Nicht absichtlich. Es gibt etwas, das ich gestern nicht erwähnt habe. Ich habe zwei Leute belauscht, die darüber sprachen, Lord Klodian zu stürzen. Sie erwähnten auch einen Spion im Schloss, und als ich ihr davon erzählte, wollte sie herausfinden, wer sie sind. Als wir hinuntergingen, um das Ei zu holen, war einer von ihnen dort unten, ein Mann. Thais hat ihn niedergeschlagen und jetzt haben wir ihn im Kerker.

Es scheint, sie hat andere Prioritäten. Ist sie am besten geeignet, dir zu helfen?

Sie ist die Einzige, die mir helfen kann, sagte Mina. *Ich werde ihr helfen müssen, bevor sie mir hilft, aber sie will den Mann verhören.*

Was ist das Problem?

Sie ist Soldatin und darf nicht ins Schloss. Ich musste sie letzte Nacht hineinschmuggeln, aber wenn sie erwischt wird, bekommt sie Ärger und ich verliere meine Hilfe.

Copper summte. Der Klang sandte sanfte Vibrationen durch den Boden, die trotz ihrer Stiefel Minas Zehen erreichten und sie kitzelten. Sie verlagerte ihre Haltung und spannte ihre Füße gegen das Gefühl an.

Vielleicht kann ich dir helfen, sagte er schließlich.

Wie?

Ich kann seinen Geist durchsuchen.

Wirklich?

Wir Drachen können viele Dinge tun. Die Schuppe in deinem Bein wird die Mittel dafür bereitstellen, aber du musst den Mann berühren.

Im Hinterkopf fragte sich Mina, ob Copper die Wahrheit sagte. Sie vertraute Thais mehr als dem Drachen, aber wenn er in der Lage war, das zu tun, was er sagte, dann würde das, was er herausfand, hoffentlich Thais besänftigen.

Es ist einen Versuch wert, gab sie zu.

Wann kannst du mit diesem Mann sprechen? Ich muss in deiner Nähe sein, damit das funktioniert, und wenn ich bei Tageslicht in der Nähe des Schlosses gesehen werde, wird es sicher Probleme geben.

Ich kann in der Nacht gehen. Wird das funktionieren?

Ja. Es wird einfacher sein, sich in der Dunkelheit zu verstecken.

Dann ist es beschlossen, sagte Mina. *Ich werde um Mitternacht gehen. Die meisten Diener werden dann schlafen, und es sollten nicht viele Wachen auf den Mauern sein.*

Sehr gut. Copper hob seinen Kopf und schnüffelte in der Luft, leise knurrend.

Was ist los?

Ein Sandwurm ist in der Nähe.

Mina spannte sich an und sah sich um.

Du bist hier oben sicher, sagte Copper. *Sie können sich nicht durch den Felsen graben. Es ist seltsam, dass einer so weit vom tieferen Bereich der Wüste entfernt ist.*

Was ist mit meinem Pferd?

Copper richtete seinen Blick auf sie.

Du solltest gehen.

Mina schluckte schwer, eine Welle der Angst überkam sie. Sie hatte keine Ahnung, was ein Sandwurm war oder wie einer aussah, aber ihr Instinkt sagte ihr, dass sie rennen musste.

Wird er mir folgen?

Wenn er deine Witterung aufnimmt. Du musst schnell reiten.

Ich hatte gehofft, mehr Zeit mit dir zu verbringen. Ich habe so viele Fragen.

Deine Fragen müssen warten, obwohl ich eine auf dem Weg nach unten beantworten werde.

Copper stieß sich in die Luft ab und Mina streckte ihre Arme aus, und dann fiel sie in Richtung Boden. Sie kämpfte darum, ihre Gedanken zu ordnen, schaffte es aber, sich für die dringendste Frage zu entscheiden.

Warum kann ich dich die ganze Zeit in der Schuppe spüren?

Sie schwebten die Seite des Tafelbergs hinunter, und Mina sah zu, wie die Wand vorbeizog. Sie war auf dem Boden, bevor sie Zeit hatte, es zu realisieren.

Wie du es ausdrückst, gibt es etwas, das ich dir nicht erzählt habe, sagte Copper. *Ich erkenne die Schuppe in deinem Bein jetzt.*

Du weißt, wem sie gehört?

Ja.

Sag es mir!

Der Duft von Lavendel erfüllte ihre Nase, und sie fragte sich, warum der Drache Angst hatte. Er konnte doch nicht vor ihr Angst haben, oder? Oder hatte er Angst, dass sie Lord Klodian zum Drachen führen würde?

Sie ist meine.

Mina war sprachlos. Sie starrte Copper mit weit aufgerissenen Augen an. Wie war das möglich? Der Bauernhof ihrer Familie war viele Meilen von Lord Klodians Burg entfernt. Wenn die Drachen in den Langen Sanden lebten, wie konnte eine von Coppers Schuppen in das Nest nahe dem Bauernhof gelangt sein?

Du musst gehen! Jetzt!

Der Boden bebte unter Minas Füßen, und sie hörte Tempest erschrocken aufschreien. Sie sprintete um den Tafelberg herum und sah, wie sich der Boden aufwölbte, als sich etwas unter dem Sand näherte. Tempests Augen waren weit vor Entsetzen.

»Bitte lauf nicht weg«, betete Mina, während sie auf das Pferd zurannte.

Sie bekam ihren Fuß in den Steigbügel und schwang gerade ihr Bein über den Sattel, als Tempest losrannte. Mina hielt sich so fest wie möglich an den Zügeln fest und versuchte, sich zurechtzufinden. Copper erhob sich in die Luft, was Tempest dazu brachte, die Richtung zu ändern. Sie waren jetzt zwischen dem Drachen und dem Sandwurm.

Nach links! rief Copper in ihrem Geist.

Sie riss die Zügel als Antwort herum und hoffte, das Pferd würde gehorchen. Tempest folgte ihrer Führung und passte den Kurs an. Der Sandwurm änderte ebenfalls die Richtung und durchbrach die Sandoberfläche. Die Kreatur erhob sich in die Luft, die

Muskeln seines langen Körpers wellten sich. Es hatte keine Augen, die Mina sehen konnte, aber es hatte ein enormes kreisförmiges Maul voller gezackter Zähne. Es drehte sich in der Luft in ihre und Tempests Richtung.

Mina schrie.

18

Caden donnerte auf einem muskulösen Schlachtross die Straße entlang. Das Pferd war zweifellos wertvoller als er selbst. Als er den Stallburschen um ein schnelles Pferd gebeten hatte, hatte er nicht erwartet, ein so prächtiges Tier zu bekommen. Er *hatte* mit Fragen gerechnet, aber als er die Anstecknadel zeigte, stellte ihm niemand irgendwelche Fragen.

Der Mangel an Sicherheit war sowohl ein Segen als auch besorgniserregend. Dennoch fragte er sich ständig, warum er Burkes Bitte nachkam. Ein Teil von ihm argumentierte, dass es daran lag, dass Burke ein Hauptmann war, und da er ein Vorgesetzter war, musste Caden dem Mann gehorchen.

Und doch gab es etwas an Burkes Worten, das Caden störte. Wenn der Hauptmann Recht hatte mit dem Hinterhalt und Lord

D'Lances Hintergedanken gegenüber Lord Culver, dann würde Caden in etwas hineingezogen werden, mit dem er nichts zu tun haben wollte. Den Kronprinzen davor zu bewahren, gestürzt zu werden oder Schlimmeres, würde ihm sicherlich eine Belohnung einbringen, aber nichts Lohnendes war jemals einfach, zumindest nach seiner Erfahrung.

Die Strecke flog schnell vorbei, und als er den Lagerplatz erreichte, war er verwirrt. Es gab keine Leichen, keinen Kastenwagen, nichts. Er stieg vom Pferd und ging in dem Gebiet umher. Über ihm war der Himmel klar und der Mond schien hell, was ihm genug Licht zum Sehen gab. Vielleicht war er am falschen Ort? Alles sah jedoch vertraut aus, sogar die Brandspuren auf dem Boden und an den Bäumen.

Caden ging den Hügel hinauf und sah das Steingebäude. Er war am richtigen Ort. Warum war alles schon aufgeräumt worden? Er nahm an, dass Lord D'Lance nicht wollte, dass sich die Nachricht von dem Vorfall verbreitete, aber wenn Burkes Verdacht stimmte ...

»Ich habe ein ungutes Gefühl dabei«, murmelte Caden.

Er verbrachte einige Zeit damit, das Gebiet zu durchsuchen und nach allem zu suchen, was von demjenigen übersehen worden sein könnte, der den Ort gesäubert hatte. Seine Kopfschmerzen kehrten zurück, und er beschloss, zum Schloss zurückzukehren. Es war verdächtig, dass nichts übrig geblieben war, aber er würde Burke Bescheid geben und den Hauptmann entscheiden lassen, was er tun wollte. Caden hatte seine Pflicht getan, und er würde seine Hände in Unschuld waschen und so tun, als hätte er keine Zweifel.

Die Sonne kroch gerade über den Horizont, als er im Schloss ankam. Er brachte das Pferd in die Ställe zurück und eilte zur Krankenstation, hielt aber inne, als ihm etwas einfiel. Er hatte eine der feindlichen Leichen zurückgebracht. Wenn es irgendwelche Hinweise gab, würde er sie vielleicht an der Leiche finden. Es gab nur ein Problem. Er wusste nicht, wohin sie gebracht worden war.

Caden wandte sich von der Krankenstation ab und ging zurück zum Haupteingang. Trotz der frühen Stunde kamen und gingen viele Menschen durch das Schloss. Er hielt jemanden spontan an und zeigte beiläufig die Anstecknadel.

»Vielleicht können Sie mir helfen. Zwei Runenkrieger kehrten heute Morgen mit einer Geschichte von einem Hinterhalt zurück. Wissen Sie, wovon ich spreche?«

»Der Angriff, der von Lord Culver verübt wurde? Ja, ich habe davon gehört. Wer nicht?«

»Sie brachten eine Leiche eines der Angreifer mit. Wissen Sie, was sie damit gemacht haben?«

»Sie wurde früher über das Gelände geführt. Kommandant Morin sagte, das sei der ganze Beweis, den wir bräuchten, um Lord Culvers versuchten Feldzug gegen den Kronprinzen zu beenden. Lord D'Lance hat praktisch den Krieg erklärt.«

»Wissen Sie, wo die Leiche jetzt ist?«

»In der Kapelle, soweit ich weiß. Obwohl, wenn Sie mich fragen, verdient kein Feind von uns ein anständiges Begräbnis.«

»Wo ist die Kapelle?«

»Sie ist auf der Westseite des Schlosses, in der Nähe der Kasernen für die regulären Soldaten.«

Caden dankte dem Mann und eilte durch die Hallen, suchte verzweifelt nach der Kapelle und betete, dass die Leiche noch nicht begraben worden war. Er betrat einen Bereich, der vom Hauptschloss getrennt, aber strukturell durch einen überdachten Gang verbunden war. Die Morgenluft war kühl und vertrieb die Hitze, die Caden in seinem Gesicht spürte.

Die Kapellentüren waren aufgestützt, und er trat ein. Das Innere erinnerte ihn an die Krankenstation. Alles war weiß, frisch und sauber. Geistliche in weißen Roben sprachen Gebete und unterhielten sich privat mit Menschen. Die Kirchenbänke waren leer, und Caden bezweifelte, dass der Morgengottesdienst schon begonnen hatte.

Er näherte sich einer der Geistlichen, einer jungen Frau mit kurzem braunem Haar. Er hatte sie zunächst für einen Mann gehalten und hätte sie fast mit »Sir« angesprochen, bevor er sich korrigierte.

»Guten Morgen«, begrüßte sie ihn. »Wie kann ich Ihnen helfen?«

»Mir wurde gesagt, dass die Leiche eines Soldaten hierher gebracht wurde. Ist sie noch hier?«

»Meinen Sie Lord Culvers Soldaten oder einen anderen?«

»Ja, genau den. Ist er noch hier?«

»Er ist hier. Wenn Lord D'Lance Sie geschickt hat, um uns zu sagen, wir sollen ihn beseitigen, dann sagen Sie Ihrem Herrn, dass sich die Kirche nicht einschüchtern lässt. Wir werden die notwendigen Rituale durchführen und ihn dann begraben.«

Also hatte Lord D'Lance ihnen gesagt, sie sollten die Leiche loswerden. Warum würde er das tun, es sei denn, es gäbe etwas zu verbergen?

»Ich bin aus eigenem Antrieb hier«, erwiderte Caden. »Ich muss die Leiche nach ... etwas durchsuchen.«

»Aus welchem Grund müssen Sie die Toten stören? Es gibt genug Leid im Leben, die Toten sollte man in Ruhe lassen.«

»Ich würde nicht fragen, wenn es nicht wichtig wäre. Bitte.«

Die Frau starrte ihn einen langen Moment schweigend an und nickte dann. »Na gut.«

Sie führte ihn zum hinteren Teil der Kapelle und durch eine Tür, die sich in einen großen Gewölberaum öffnete. Eine Reihe von Leichen lag auf Steinplatten, bedeckt mit dünnen weißen Leichentüchern.

»Sie haben Glück, dass die Totengebete noch nicht begonnen haben, sonst würden wir Sie hier nicht hereinlassen. Das ist der eine«, sagte sie, als sie an einer der Platten anhielten.

Caden zog das Leichentuch zurück. Die Rüstung des Mannes war entfernt worden und enthüllte ein junges Gesicht. Der Mann konnte nicht viel älter gewesen sein als er selbst. Seine Augen waren geschlossen, und sein Ausdruck war friedlich. Caden hob seinen Kopf an, aber er konnte die Rune nicht gut erkennen, also drehte er den Mann auf die Seite. Die Rune war dieselbe, die er auf dem Emblem gesehen hatte. Ein Krallentatzenabdruck, umgeben von einer lodernden Sonne.

Caden seufzte erleichtert. Burke hatte sich geirrt. Dies war tatsächlich einer von Lord Culvers Männern. Er begann, die Leiche auf den Rücken zu drehen, als er etwas bemerkte, das den unteren Teil der Rune bedeckte. Er beugte sich näher heran, konnte aber nicht erkennen, was es war, also rieb er mit dem Finger darüber und hielt ihn hoch.

»Was ist das?«, fragte die Geistliche.

»Ich glaube, es ist Tinte«, antwortete er. »Haben Sie ein Tuch?«

»Nein.«

Caden griff nach dem Rand des Leichentuchs und wischte die Rune mit dem Stoff ab. Zu seinem Entsetzen ging die Tinte sofort ab und enthüllte eine andere Rune darunter. Lord D'Lances Rune.

»Bist du sicher, dass dies derselbe Körper ist, der heute Morgen hierher gebracht wurde?«

»Ja.«

»Wie sicher?«

Ihr missbilligender Blick sagte ihm alles, was er wissen musste. Er zog das Leichentuch wieder über den Körper und verließ die Kapelle, um zurück ins Schloss zu gehen. Warum trug einer von Lord D'Lances Runenmeistern eine falsche Rune? Die Antwort schwebte in seinem Hinterkopf, aber er wollte sie nicht akzeptieren. Burke hatte Recht gehabt.

Caden stürmte in die Krankenstation, bereit, dem Hauptmann zu erzählen, was er entdeckt hatte. Eine Gruppe von Heilern hatte sich um Burkes Bett versammelt, aber er konnte nicht sehen, was sie taten.

»Was ist los?«, fragte er.

»Da bist du ja«, sagte einer von ihnen. »Wir haben dich überall gesucht.«

»Mir geht's gut. Was ist mit Hauptmann Burke?«

Die Heilerin senkte betrübt den Blick. »Er ist tot.«

19

Tempest bäumte sich auf ihren Hinterbeinen auf und Mina wäre fast aus dem Sattel gefallen. Sie schlang ihre Arme um den Hals des Pferdes und bereitete sich auf den Tod vor.

Ein unirdisches Brüllen zerriss die Luft und Mina sah staunend zu, wie Copper vom Himmel herabstürzte. Seine Klauen zerfetzten den fleischigen Körper des Sandwurms und rissen tiefe Wunden, die sich schnell mit schwarzem Blut füllten.

Die Kreatur stieß einen grauenhaften Schrei aus, der Mina glauben ließ, ihre Trommelfelle würden platzen. Copper grub seine Klauen in den Körper des Wurms und schlug mit den Flügeln, um das Ungetüm von Mina und ihrem Reittier wegzuziehen.

Flieh! rief Copper.

Mina ließ Tempests Hals los und zog an den Zügeln, um das Pferd zum Weitergehen zu bewegen. Zuerst dachte sie, Tempest würde ihr nicht gehorchen, aber das Tier wich ein paar Schritte zurück und galoppierte dann in Richtung Schloss. Mina ritt hart, ohne es zu wagen, zurückzublicken, selbst als sie das Schloss erreichten. Sie wusste, es war irrational zu glauben, sie könnte die beiden Monster aus dieser Entfernung kämpfen sehen, aber sie war zu Tode erschrocken.

Sie brachte Tempest in den Stall zurück und eilte durch das Schloss, flüchtete in ihr Zimmer, wo sie den Tränen freien Lauf ließ. Ihre Gefühle vermischten sich, überwältigten sie, und sie setzte sich auf den Boden neben ihrem Bett und schluchzte. Sie wäre beinahe gestorben, draußen mitten in der Wüste, wo niemand außer Copper etwas gesehen hätte.

Copper.

Er hatte ihr das Leben gerettet. Ausgerechnet ein Drache. Und dann erinnerte sie sich an das, was er gesagt hatte. Es war *seine* Schuppe in ihrem Bein. Sie erwog die Implikationen und begann zu vermuten, dass ihre Begegnung in der Mesa an jenem Tag mit Lord Klodian vielleicht kein Zufall gewesen war. Das erklärte nicht, warum Vhan von seinen Artgenossen getötet worden war, aber es gab ihr etwas zum Nachdenken.

Ihre Aufmerksamkeit wechselte vom Sandwurm zu Copper, und es gelang ihr, sich zu beruhigen. Mina wischte sich die Tränen aus dem Gesicht und stand auf, wobei sie zum Fenster blickte. Sie berührte die Schuppe in ihrem Bein und konnte Coppers Präsenz spüren, obwohl sie seine Stimme nicht hören konnte. Vielleicht später, wenn er nah genug wäre, würde sie Antworten auf einige ihrer Fragen bekommen.

Vorerst musste sie Thais wissen lassen, dass sich die Pläne geändert hatten. Mina überprüfte ihr Aussehen im Spiegel und richtete ihre Haare, dann verließ sie ihr Zimmer und machte sich auf den Weg zur Kaserne. Der Ort war leer, also durchsuchte Mina den Hof nach Thais, aber die Frau war nirgends zu finden. Sie blickte zu den Toren und fragte sich, ob sie auf Patrouille war.

»Mina.«

Obwohl sie keine Sklavin mehr war, hatte Lord Klodians Stimme immer noch die gleiche Wirkung auf sie. Ihr Herz setzte einen Schlag aus und sie drehte sich um. Er ging mit Hauptmann Eduard und winkte ihr, näher zu kommen.

»Es ist gut, Euch zu sehen, mein Lord. Ich habe mich schon gefragt, wann Ihr nach mir rufen würdet.«

»Ich war damit beschäftigt, einige Dinge zu regeln«, erwiderte er.

»Gehen wir auf die Jagd?« fragte sie.

»Nein, dafür habe ich jetzt keine Zeit.«

Mina war erleichtert, das zu hören.

»Wir haben ein Problem. Lord Burgess ist verschwunden, und seine Frau ist außer sich. Sie sagte, sie habe einen Brief erhalten, in dem stand, er sei weggerufen worden, aber er war nicht in seiner Handschrift. Habt Ihr etwas gesehen oder gehört?«

»Nein, mein Lord. Vielleicht hat er einen der Diener gebeten, es für ihn zu schreiben?«

»Wir haben die Diener befragt«, sagte Eduard. »Alle. Es sei denn, einer von ihnen lügt, wurde niemand gebeten, etwas für ihn zu schreiben.«

»Ich werde Euch Bescheid geben, wenn ich etwas höre«, antwortete Mina.

Lord Klodian nickte, aber Mina bemerkte, dass er abgelenkt zu sein schien. Er machte Anstalten wegzugehen, sah sie dann aber an.

»Der Stallmeister sagte mir, Ihr hättet Euch ein Pferd ausgeliehen?«

»Ja, mein Lord. Die Ausritte helfen mir, den Kopf frei zu bekommen.«

»Wovon?«

»Die Drachen. Ich habe das Gefühl, als würde ich sie in letzter Zeit ständig spüren, seit Vhan ...« Mina brach ab, in der Hoffnung, er würde das Thema wechseln.

Lord Klodian räusperte sich. »Ja, es war bedauerlich, dass er getötet wurde. Die verantwortlichen Drachen werden mit ihrem Blut bezahlen.« Lord Klodian ließ seinen Blick über den Hof schweifen. »Haltet die Ohren offen und lasst es mich wissen, wenn Ihr etwas über Lord Burgess' Verschwinden hört.«

»Das werde ich, mein Lord.«

Die beiden Männer gingen und sie kehrte in ihr Zimmer zurück. Thais würde es nicht mögen, ausgeschlossen zu werden, aber Mina musste einfach damit fortfahren, Copper Lord Burgess' Gedanken erforschen zu lassen. Jetzt, da seine Abwesenheit Verdacht erregt hatte, musste sie sich beeilen. Im Hinterkopf quälte sie weiterhin die Frage, was sie nach dem Verhör mit ihm machen sollte. Sie würde die Dinge einfach regeln müssen, wie sie es immer tat.

Als der Abend kam, lief Mina in ihrem Zimmer auf und ab. Sie konnte hören, wie sich die Leute im Flur für die Nacht zurückzogen, und ihre Ungeduld war schwer zu bändigen. Es ging nicht nur darum, das Ei zu bekommen. Sie wollte mit Copper sprechen.

Die Wolken sind heute Nacht dick, sagte seine Stimme und unterbrach ihre Gedanken. *Das wird mir helfen, mich zu verstecken.*

Ich fragte mich schon, ob du noch kommen würdest, antwortete Mina.

Ich sagte, ich würde kommen, und ich bin ein Drache, der zu seinem Wort steht.

Geht es dir gut? Hat der Sandwurm dich verletzt?

Copper lachte. *Nein, er hat mich nicht verletzt. Sie mögen größer sein, aber sie sind langsame, schwerfällige Kreaturen im Vergleich zu uns Drachen.*

Ich dachte, ich würde sterben.

Das hättest du gekonnt.

Du hast mich gerettet ... warum?

Copper schwieg, und Mina fragte sich, ob er sich weigern würde zu antworten.

Ich weiß nicht wie, aber ich glaube, du und ich sind verbunden. Ich spürte es zuerst in der Mesa mit meinen Brüdern, war mir aber nicht sicher, ob ich mir das Gefühl nur einbildete. Mit jedem Mal, wenn wir sprechen, fühle ich es stärker. Als ich sah, wie der Sandwurm auf dich zukam, konnte ich nicht zulassen, dass du stirbst. Es wäre einfacher gewesen, aber es wäre nicht richtig gewesen.

Wenn du sagst verbunden, was meinst du damit? Wie die Menschen und Drachen früher?

Ja.

Mina hielt mitten im Schritt inne. Sie konnte es nicht glauben. Sie wollte es nicht, und doch erklärte es ihre Fähigkeit, Drachen zu spüren. Es war nicht die Schuppe selbst, sondern die Verbindung zwischen ihr und Copper, die es ermöglichte.

Ich bin in der Nähe des Hauses meiner Eltern auf diese Schuppe gefallen. Wie kann es sein, dass deine Schuppe dort landete, wenn du in der Wüste lebst?

Wenn wir uns paaren, verlassen wir die Wüste, um günstigere Gebiete für unsere Eier zu finden. Die Hitze ist zu groß für die Ungeschlüpften. Du musst in eines meiner alten Nester gefallen sein.

Copper war der Drache, der für die Veränderung ihres Lebens verantwortlich war. Sie hatte so viele Jahre voller Hass verbracht, und jetzt, da sie wusste, wem die Schuppe gehörte, fiel es ihr schwer, an diesem Hass festzuhalten. Was war los mit ihr? Was hatte sich geändert?

Ist das der Grund, warum du Angst hattest?

Drachen fürchten nichts.

Mina lächelte. Sie wusste es besser, als das zu glauben.

Bist du in der Nähe des Gefangenen? fragte er.

Nein. Ich warte darauf, dass sich die Diener zurückziehen. Es sollte bald sicher sein, ihn zu sehen. Während wir warten, kannst du einige Fragen beantworten?

Ich werde es versuchen.

Da wir durch dieses Band verbunden sind, werde ich in der Lage sein, mit dir zu sprechen, wenn die Schuppe entfernt wird?

Ja, obwohl ich nicht sicher bin, wie das Band überhaupt entstanden ist. Ich habe mit meinen Brüdern über die Entfernung deiner Schuppe gesprochen, aber es gibt keine klare Antwort darauf, wie es gemacht werden kann. Ich fürchte, dass es dich töten könnte, wenn man es tut.

Mina wollte ihr Leben nicht riskieren, um sie zu entfernen. Und es schien jetzt auch wenig Sinn zu machen, sie zu entfernen, wenn sie immer noch in der Lage wäre, Drachen zu spüren. Es musste irgendwie einen Weg geben, sie auszublenden.

Den gibt es, sagte Copper. *Ich kann es dir beibringen, wenn du möchtest.*

Das würde ich gerne, antwortete Mina. *Es wäre schön, dich davon abzuhalten, meine persönlichen Gedanken zu hören. Manche Dinge sind einfach privat.*

Sie blickte auf die Wasseruhr. Die Diener müssten jetzt mit ihren Pflichten fertig sein.

Es ist Zeit.

20

Caden war verwirrt. »Tot? Wie das?«

»Er ist vor kurzem seinen Wunden erlegen.«

Burke war verwundet gewesen, aber Caden hatte nicht gedacht, dass die Verletzung lebensbedrohlich war. Er beobachtete, wie die Heiler den Körper des Hauptmanns vom Bett auf eine Trage hoben und ihn aus der Krankenstation trugen. Die Gruppe der Heiler zerstreute sich, und Caden stand allein da und starrte auf das leere Bett.

Etwas stimmte nicht. Burke war vorher noch wohlauf gewesen. Er ging zum Bett hinüber und bemerkte ein Stück Pergament, das unter dem Kissen hervorlugte. Darauf stand in krakeliger Schrift geschrieben:

Vertraue niemandem.

Er zerknüllte das Papier und sah sich in der Krankenstation um. Wenn Burke getötet worden war, geschah es wahrscheinlich auf Lord D'Lances Befehl. Zumindest war das sein Verdacht. Vielleicht war sein Verstand von Burkes Worten getrübt ... aber das würde die falsche Rune auf dem toten Soldaten nicht erklären. Alles, was Burke gesagt hatte, schien wahr zu sein, und das bedeutete, dass er sich an niemanden wenden konnte. Bevor er seine nächsten Schritte planen konnte, betrat Kommandant Morin die Krankenstation.

»Ich habe gerade von Hauptmann Burke erfahren. Zu sagen, ich sei überrascht, wäre eine Untertreibung. Seine Wunden schienen nicht so ernst zu sein.«

Caden nickte schweigend.

»Wie fühlst du dich?«

»Ich habe noch einige Schmerzen, aber ich werde mich erholen.«

»Gut, gut. Lord D'Lance hat darum gebeten, dich in der Cathedra zu sehen.«

»Jetzt, Sir?«, fragte Caden.

»Ja, es sei denn, du fühlst dich nicht dazu in der Lage. Soll ich einen der Heiler für dich rufen?«

»Nein, es geht mir gut. Ich habe nur viel im Kopf, Sir.«

»Dem Tod ins Auge zu blicken, kann traumatisch sein. Es lässt einen Dinge hinterfragen. Hab keine Angst vor diesen Fragen, nimm sie an. Es wird dich stärker machen.« Er hielt inne. »Wir sollten uns auf den Weg machen. Lord D'Lance wartet.«

Angus begleitete Caden schweigend zur Coterie, wo eine kleine Gruppe von Menschen wartete, um eine Audienz zu erhalten. Die Wachen ließen sie ohne Fragen passieren, und sie betraten die Cathedra. Lord D'Lance saß auf seinem Thron und hörte zwei Männern in extravaganter Kleidung zu. Als er sie sah, hob Lord D'Lance seine Hand, und die Männer verstummten.

»Ich entschuldige mich, meine Herren, aber wir werden uns erneut treffen müssen. Ich habe dringende Angelegenheiten zu erledigen.«

Die Männer verbeugten sich tief und gingen, miteinander flüsternd. Angus winkte Caden, ihm zu folgen, und sie näherten sich dem Thron, wobei sie am Rand des purpurnen Teppichs stehen blieben. Caden wartete nicht darauf, Angus' Führung zu folgen. Er kniete nieder und senkte den Kopf.

»Erhebt Euch«, sagte Lord D'Lance.

Caden stand auf und richtete seinen Blick auf den Dominion-Lord. Er blieb sitzen, und die goldenen Verzierungen seiner Roben schimmerten im Licht, das durch die unzähligen Fenster fiel, die den oberen Teil der Cathedra umgaben.

»Wie fühlt Ihr Euch?«

Die Frage war harmlos, aber seine Stimme ließ Caden sich unwohl winden.

»Ich wurde verwundet, aber es ist nichts, was ich nicht überwinden kann, mein Lord.«

»Ich bin froh, dass Ihr in der Lage wart, uns die Nachricht von dem Angriff zu überbringen. Es kann nicht einfach gewesen sein, die ganze Nacht hindurch zu reiten, während Ihr Hauptmann Burke geholfen habt. Eure Standhaftigkeit ist zu loben.«

»Ich danke Euch, mein Lord. Ich habe lediglich meine Pflicht erfüllt.«

Lord D'Lance wandte seine Aufmerksamkeit Angus zu. »Was ist mit dem Hauptmann? Ist es wahr?«

»Ja, ich fürchte schon.«

»Ich verstehe. Es scheint, wir brauchen einen neuen Hauptmann. Habt Ihr Kandidaten im Sinn, Kommandant?«

»Nur einen, der mir einfällt.«

Beide richteten ihre Augen auf Caden. Er schluckte hart, um seinen Hals zu befreien, der plötzlich wie zugeschnürt war.

»Was sagst du, Caden? Du kamst hierher auf der Suche nach Ruhm und Reichtum, und du hast dich als fähiger Runenmeister erwiesen. Wie fühlst du dich bei einer Beförderung?«

»Ich bin mir nicht sicher, ob ich schon dafür bereit bin«, antwortete Caden. Es war natürlich eine Lüge. Er war bereit zu führen, aber er wusste nicht, was er mit den Informationen anfangen sollte, die er von Burke erfahren hatte. Er konnte Lord D'Lance nicht trauen, oder Angus, was das betraf.

»Diejenigen, die zum Führen bestimmt sind, sind gewöhnlich nicht bereit, aber es geht nicht darum, bereit zu sein«, sagte Angus. »Es geht darum, die Gelegenheit zu ergreifen.«

»Ich habe Berichte erhalten, dass Lord Culver eine Armee an der Grenze hat«, sagte Lord D'Lance. »Er bereitet sich darauf vor, jederzeit in die Dracan-Dominion einzudringen, und ich brauche jemanden Fähigen, um die Runenmeister zu führen, die ich dorthin schicke. Willst du die Beförderung?«

Caden erwog das Angebot. Es würde ihm erlauben zu bestätigen, ob Lord Culver wirklich für alles verantwortlich war, aber es stellte auch ein Risiko dar. Wenn es eine Falle war wie die Dracheneskort, dann würde er es vielleicht nicht lebend herausschaffen.

Obwohl, wenn es eine Falle war, wäre er diesmal vorbereitet und könnte in Lord Culvers Dominion fliehen und ihm alles erzählen, was Lord D'Lance getan hatte.

»Wenn Ihr denkt, dass ich am besten geeignet bin, dann nehme ich an«, sagte Caden. »Wann brechen wir zur Grenze auf?«

Lord D'Lance erhob sich von seinem Thron. »In ein paar Stunden, also musst du dich noch etwas ausruhen. Bevor du das tust, musst du meine Rune annehmen.« Er schnippte mit den Fingern und einer der Wachen, die neben dem Thron standen, trat vor. »Ich brauche einen Schreiber.«

Der Soldat salutierte und eilte davon.

»Wird es ein Problem sein, zwei verschiedene Runen zu haben?«, fragte Caden.

»Das sollte es nicht. Lord Klodian ist zu weit von hier entfernt, um die Magie zu nutzen, also wird es meine Rune nicht stören.«

»Wenn Lord Klodian in Reichweite wäre, was würde passieren, wenn Ihr beide versuchen würdet, Eure Runen gleichzeitig zu benutzen?«

»Es würde dich wahrscheinlich töten«, antwortete Lord D'Lance. »Mach dir keine Gedanken um solche Dinge. Ich benutze meine Runenmeister nur, wenn es wichtig ist. Und wie ich schon sagte, Lord Klodian ist zu weit weg. Die Chancen, dass wir beide gleichzeitig versuchen, deine Kraft zu borgen, sind gering.«

Gering, aber nicht unmöglich, dachte Caden. Der Soldat kehrte einen Moment später zurück, und ein älterer Mann mit grauem Haar folgte ihm schnell. Er trug ein Holztablett, das mit Utensilien und Fläschchen bedeckt war.

»Mein Lord«, grüßte der Schreiber und kniete nieder.

»Bitte bringt meine Rune auf ihm an«, wies Lord D'Lance an und deutete auf Caden.

Der Schreiber musterte Caden einen Moment lang, dann wandte er sich an Lord D'Lance. »Stärke-Rune, ja?«

»Scharfsinnig wie immer, Meister Schreiber. Ihr habt Recht.«

»Komm her und setz dich auf den Boden«, sagte der alte Mann.

Caden tat wie ihm geheißen und bewegte sich vom Teppich weg, um sich auf den Steinboden zu setzen. Der Schreiber ließ ihn sich so lange bewegen, bis das Licht von den Fenstern genau richtig fiel, dann forderte er Caden auf, sein Hemd auszuziehen. Er gehorchte, und der Schreiber räusperte sich.

»Er hat bereits eine Rune, mein Herr.«

»Ja, ich weiß. Setzt meine darunter.«

»Sehr wohl. Ich nehme an, Ihr wollt, dass ich diese andere entferne?«

»Nein. Lasst sie, wie sie ist.«

Caden bemerkte, dass der Schreiber zögerte, aber er nickte und begann mit seiner Arbeit. Der Nadelstich des Schreibwerkzeugs schmerzte nicht sehr, aber die gebückte Haltung, in der er saß, ließ seinen Rücken schmerzen. Als der Schreiber endlich fertig war, stöhnte Caden erleichtert auf, als er sich aufrecht hinsetzte und seine Muskeln streckte.

»Lasst es mich sehen«, sagte Lord D'Lance.

Caden stand auf und drehte sich um.

»Perfekt. Ihr seid entlassen.«

Der Schreiber legte alles auf sein Tablett und ging. Caden zog vorsichtig sein Hemd wieder an.

»Kehrt in die Kaserne zurück und ruht Euch aus. Kommandant Morin wird Euch unterwegs alles erklären.«

»Ja, mein Herr.«

Caden verließ die Cathedra und machte sich auf den Weg zur Kaserne, wobei er langsam einen Plan in seinem Kopf formte. Dies wäre die perfekte Gelegenheit herauszufinden, was wirklich vor sich ging.

21

Die Gänge waren leer, als Mina sich in den unteren Teil des Schlosses begab. Die Tür zu dem Raum, in dem Thais Lord Burgess aufgelauert hatte, stand weit offen, aber niemand war drin. Mina ging leise und schaute sich ständig über die Schulter.

Wenn du keine Sklavin mehr bist, warum hast du dann Angst, erwischt zu werden? fragte Copper.

Das ist schwer zu erklären.

Sie erreichte den Kerker und hielt vor der Tür inne, um nach Stimmen zu lauschen. Sie konnte Leute reden hören, aber sie klangen nicht nah. Mina öffnete die Tür und schlüpfte über die Schwelle. Nur wenige Fackeln spendeten Licht, und die Luft fühlte sich schwer an.

Sie hatten die Tür zu Lord Burgess' Zelle unverschlossen gelassen, da sie keine

Schlüssel hatten, aber er war fest gefesselt worden, sodass er sich nicht bewegen konnte. Mina schlich zur Zelle und spähte in die Dunkelheit. Lord Burgess war noch da, bewegte sich aber nicht. Sie hatte plötzlich Angst, dass Thais ihn getötet haben könnte, aber als sie die Zelle betrat, hörte sie sein leises Stöhnen.

Was muss ich tun? fragte sie.

Berühre seinen Kopf und leere deinen Geist. Ich werde den Rest erledigen.

Mina kniete sich neben Lord Burgess, und er blickte zu ihr auf. Er kämpfte gegen seine Fesseln an und versuchte zu sprechen, aber der Knebel in seinem Mund ließ die Worte nur als gedämpftes Stöhnen herauskommen. Mina legte zögernd ihre Hand auf seine Stirn und schloss die Augen. Sie ließ die Dunkelheit sie umhüllen und leerte ihren Geist.

Coppers Präsenz durchströmte sie, anders als alles, was sie je gefühlt hatte. Bruchstücke von Bildern blitzten vor ihren Augen auf. Lord Burgess, der mit einer Frau mit langen blonden Haaren und grünen Augen sprach. Eine dunkle Höhle voller Drachen und eine schattenhafte Gestalt. Furcht überkam sie, aber sie wusste nicht, woher sie kam. Und dann war da ein stechender Schmerz. Mina keuchte scharf auf und Coppers Präsenz zog sich zurück.

Sie zog ihre Hand von Lord Burgess weg und setzte sich, fühlte sich schwach und schwindelig. Das Gefühl verging schnell, und sie wandte ihre Gedanken Copper zu.

Was hast du gesehen?

Der Plan gegen Lord Klodian ist wahr, antwortete er. *Sagt dir der Name Kristofel D'Lance etwas?*

Ja, er ist der Herr der Dracan-Herrschaft.

Lord und Lady Burgess arbeiten für ihn. Er plant, den Hochprinzen zu stürzen, indem er es so aussehen lässt, als würden Lord Klodian und ein Mann namens Lord Culver eine Rebellion anzetteln. Er will einen Krieg beginnen.

Also stimmt es doch, sagte Mina. *Bevor Vhan starb, sagte er etwas über Kriegsgerüchte. Das muss es gewesen sein, wovon er sprach. Was hast du noch gesehen?*

Viele dunkle Dinge, die ich dir noch nicht sagen kann. Ich muss erst mit meinen Brüdern sprechen und sie verstehen.

Was soll ich mit ihm machen? Wenn ich ihn hier lasse, wird er verhungern. Aber ich kann ihn nicht freilassen, sonst wird er Lord D'Lance Bericht erstatten.

Ich kann seine Erinnerungen löschen, sagte Copper. *Das ist nichts, was man leichtfertig tut, aber die Dinge, die ich gesehen habe, sagen mir, dass dieser Mann gefährlich ist.*

Mina zögerte einen Moment mit ihrer Entscheidung. *Tu es.*

Sie legte ihre Hand wieder auf Lord Burgess' Stirn und wartete, aber sie spürte nichts.

Es ist vollbracht.

Das ging schnell, erwiderte Mina. *Welche Erinnerungen hast du gelöscht?*

Alles, was mit Lord D'Lance zu tun hat. Das Einzige, woran er sich erinnern wird, ist, dass er Lord Klodian treu ergeben ist. Reicht das, oder soll ich neue Erinnerungen für ihn erschaffen?

Das sollte genügen. Ich werde ihn freilassen und die Wachen ihn finden lassen. Danach ist er nicht mehr mein Problem. Ich muss Thais alles erzählen, was wir erfahren haben.

Vergiss das Ei nicht, sagte Copper.

Werde ich nicht. Ich bringe es dir morgen.

Sehr gut. Ich werde dich jetzt verlassen. Ich rieche einen Sturm aufziehen.

Mina wartete, bis sie Coppers Nähe nicht mehr spürte, bevor sie Lord Burgess losmachte. Sie zog den Knebel aus seinem Mund und beugte sich nah zu ihm.

»Sie werden seit einem ganzen Tag vermisst«, sagte sie. »Lord Klodian hat überall nach Ihnen gesucht. Sagen Sie den Wachen, wer Sie sind, und sie werden Ihnen helfen.«

Sie stand auf und steckte den Kopf hinaus, um die Reihe der Zellen hinunterzublicken. Es waren keine Wachen zu sehen, also sprintete sie zu der Tür, durch die sie hereingekommen war, und flüchtete in den Hauptgang. Der Raum mit dem Ei musste hier unten sein, sie musste nur herausfinden, welcher es war. Sie probierte die Griffe jeder Tür, an der sie vorbeikam, und stellte fest, dass sie alle unverschlossen waren. Ihr Glück konnte nicht besser sein.

Als Mina die dritte Tür links öffnete, sah sie allerlei Krimskrams. Sie trat ein und ging um Stapel von Holzkisten herum, die mit allen möglichen Dingen gefüllt waren. Es schien ein Lagerraum zu sein. Sie wollte schon gehen, als etwas in einer der Kisten aufblitzte. Mina entfernte einen Teppich von der Oberseite der Kiste und wurde belohnt.

Das Ei war drin.

Aber es gab ein Problem. Es war viel größer, als sie es in Erinnerung hatte. Wie sollte sie es aus dem Schloss bringen, ohne gesehen zu werden, geschweige denn in ihr Zimmer? Sie starrte das Ei lange an, während sie ihre Optionen abwog. Es wäre unmöglich, es durch die Vordertore zu bringen, ohne dass jemand sie sah ... es sei denn, sie brachte es jetzt hinaus. Es gab weniger neugierige Augen, aber wo sollte sie es verstecken, bis sie es Copper übergeben konnte?

Das würde spontanes Denken erfordern. Sie zog das Ei aus der Kiste und war überrascht, dass es nicht sehr schwer war. Sie nahm einen Umhang aus einer anderen Kiste und bedeckte damit das Ei, dann spähte sie in den Gang, um sicherzugehen, dass er noch leer war. Alles war frei, und sie eilte die Treppen hinauf in den oberen Teil des Schlosses.

Einige Wachen machten ihre Runden, aber sie beachteten sie nicht. Sie sprach ein Dankgebet zu Avera und erreichte den Innenhof. Die Nachtluft war kühl, aber sie tat wenig, um ihr nervöses Schwitzen zu lindern. Mina ging zu den Toren und hielt inne, als sie sah, dass sie geschlossen waren. Aram hatte ihr gesagt, dass sie nachts geschlossen würden, und sie hatte es völlig vergessen. Sie schaute sich im Innenhof um, aber es gab keinen idealen Ort, um das Ei zu verstecken.

Schritte hinter ihr ließen sie in Panik geraten, aber als sie Thais' Stimme hörte, seufzte sie erleichtert.

»Was machst du hier draußen?«

»Ich muss das hier verstecken«, antwortete Mina und hob den Umhang.

Thais' Augen weiteten sich. »Ist das, was ich denke?«

»Was denkst du denn?« fragte Mina.

Thais sah ihr direkt in die Augen. »Du hast Ei gesagt, und ich hab es nicht kapiert. Götter, du bist wirklich wahnsinnig, oder? Lord Klodian wird dich umbringen, wenn er herausfindet, dass du das genommen hast.«

»Es war in einem Lagerraum vergraben, also bezweifle ich, dass er eine Weile merken wird, dass es fehlt. Wo kann ich das hintun? Ich werde es morgen loswerden.«

»Ich habe keine Ahnung«, sagte Thais und sah sich um.

»Kannst du mich außerhalb der Mauern bringen?«

»Wenn ich dabei erwischt werde, bringe ich dich um. Folge mir.«

Thais führte sie zu einem Seiteneingang und holte einen Schlüsselbund von ihrer Hüfte hervor. Sie kramte darin, bis sie den richtigen fand, und schloss dann die Tür auf. Mina trat ins Freie und setzte das Ei ab, dann grub sie schnell mit ihren Händen ein Loch in den Sand. Sie ließ das Ei in den Umhang gewickelt und legte es in das Loch, dann bedeckte sie es mit Sand. Es war nicht perfekt, aber es würde genügen. Sie trat zurück durch die Tür und Thais schloss ab.

»Wir haben ein Problem«, sagte Mina. »Der Hochprinz ist in Gefahr.«

22

Nach ein paar Stunden unruhigen Schlafes stand Caden auf und bereitete sich mental auf das vor, was vor ihm lag. Er zog ein Kettenhemd an und schnallte sein Schwert um die Hüfte, dann ging er zur untersten Ebene der Kaserne.

Angus war dort, zusammen mit einer Gruppe von Runensmännern. Sie waren alle kampfbereit gekleidet, und Caden sah den Kommandanten fragend an.

»Was ist los?«

»Lord Culver hat unsere Siedlungen an der Grenze angegriffen, also hat Lord D'Lance mir befohlen, mit dir und deinem Team an die Front zu gehen. Die anderen werden folgen, aber es wird einige Zeit dauern, sie zu mobilisieren.«

Caden zählte ungefähr dreißig Männer, einschließlich sich selbst und Angus. Es war

181

sicherlich nicht genug, um sich gegen eine Armee zu verteidigen. Sein Verdacht wuchs, aber er hielt den Mund. Er musste die Wahrheit kennen, bevor er seinen Zug machte.

»Dann sollten wir uns auf den Weg machen«, sagte Caden.

»Ihr habt den Hauptmann gehört. Aufsitzen!«

Die Runensmänner verließen die Kaserne zum Stall, wo bereits Pferde gesattelt auf sie warteten. Caden wählte zufällig ein Pferd aus und stieg in den Sattel. Er wartete, bis alle aufgesessen waren, dann schnalzte er mit den Zügeln und führte das Pferd über den Hof. Angus ritt neben ihm her und sie reisten eine lange Zeit schweigend Seite an Seite.

»Lord D'Lance will keine Panik verursachen, also sollen wir die Dinge gelassen angehen. Sobald wir die umliegenden Städte hinter uns haben, müssen wir das Tempo erhöhen.«

»Jawohl, Sir«, antwortete Caden. »Ich habe mich etwas gefragt ...« Er verstummte und wartete darauf, dass Angus nachhakte.

»Was denn?«

»Setzt Lord Culver verbotene Magie ein?«

Angus schielte ihn unauffällig von der Seite an. »Wer weiß? Der Mann ist verrückt vor Machtgier. Solche Leute sind unberechenbar. Wenn er dunkle Magie einsetzt, würde es mich nicht überraschen.«

»Wie sonst könnte jemand einen Feuerball erschaffen, der auf Befehl durch die Luft fliegt? Das muss doch Magie sein, oder?«

»Klingt für mich danach.«

Caden beobachtete ihre Umgebung mit kritischem Blick und fragte sich, welche Art von Hinterhalt auf sie warten könnte. Burkes Notiz hatte ihn gewarnt, niemandem zu vertrauen, aber wie stand es um Angus? Er stand Lord D'Lance nahe, so viel war offensichtlich, aber war er sich dessen bewusst, was sein Herr plante? Und wenn ja, folgte er dem Mann weiterhin aus Loyalität oder aus Angst? Caden entschied, dass es zu riskant wäre, dem Kommandanten etwas zu sagen.

»Dann steuern wir möglicherweise auf Ärger zu. Ich bin mir sicher, dass Lord Culver Magienutzer in seinem Arsenal hat. Wir haben nichts, um uns gegen Magie zu verteidigen.«

»Lasst uns abwarten und sehen, was vor uns liegt«, sagte Angus. »Es ist möglich, dass die Berichte übertrieben waren. Zumindest hoffe ich das. Das Letzte, was wir brauchen, ist ein Krieg.«

Wenn Angus von Lord D'Lances Machenschaften wusste, spielte er seine Unwissenheit gut. Sie fuhren weiter die Schotterstraße entlang, über Hügel hinauf und hinunter, und passierten schließlich das letzte Zeichen von Zivilisation für die nächsten Meilen.

»Zeit, das Tempo zu erhöhen!«, rief Angus.

Sein Pferd preschte voraus. Caden trieb sein eigenes Reittier an, und bald donnerten sie in halsbrecherischem Tempo die Straße hinunter. Die Landschaft zog zu schnell vorbei, als dass er einen Hinterhalt hätte bemerken können, also hielt er seine Augen auf die Straße vor ihnen gerichtet. Sie ritten so lange, wie die Pferde es aushielten, dann hielten sie an, um ihnen eine Wasserpause zu gönnen. Nach ein paar Minuten Rast waren sie wieder unterwegs.

Es war später Nachmittag, als sie die Grenze zwischen den beiden Dominions erreichten. Caden verlangsamte sein Pferd und überblickte die Gegend. In der Ferne, auf der anderen Seite der Grenze, war eine ummauerte Stadt zu sehen. Sie war von einem offenen Feld mit hohem Gras umgeben, das sich in der leichten Brise, die aufgekommen war, wiegte.

»Was ist das für ein Ort?«, fragte Caden.

»Das ist Yediff. Es ist eine von Lord Culvers Festungen hier an der Grenze. Er hat mehrere davon.«

»Ich sehe keine Anzeichen einer Armee.«

»Ich auch nicht, aber wir sollten nicht unvorsichtig werden. Sie könnten sich in Yediff verschanzt haben und auf einen Angriff warten.«

Caden hatte ein ungutes Gefühl im Bauch. Etwas stimmte nicht, genau wie bei Burkes Tod. Er scannte das Feld ab, und obwohl das Gras hoch war, war es nicht hoch genug, um eine Armee zu verbergen.

»Was denkst du, sollten wir tun?«

Angus kratzte sich am Kinn, sein Blick auf die Stadt geheftet. »Wir sollten die Gegend auskundschaften. Ich möchte nicht, dass der Rest unserer Männer ohne Fluchtmöglichkeit in eine Falle läuft.« Der Kommandant drehte sein Pferd, um sich den übrigen Runensmännern zuzuwenden.

»Teilt euch auf und reitet durch das Feld. Haltet Ausschau nach allem Ungewöhnlichen, aber versucht, keine Aufmerksamkeit auf euch zu ziehen. Wenn ihr etwas findet, alarmiert den Rest von uns.«

Die Männer teilten sich in Paare auf und ritten in gemächlichem Tempo über die Grenze. Caden sah Angus an.

»Ich schätze, du bist bei mir«, sagte er lächelnd.

»Sieht so aus«, erwiderte Caden und schnalzte mit den Zügeln.

Das Gras war goldgelb, und Caden erkannte, dass es kein Gras war, sondern Weizen. Es erstreckte sich so weit das Auge reichte, und abgesehen von Yediff gab es nichts anderes in der Umgebung.

»Sie haben jede Menge Getreide«, murmelte er.

»Das Toren-Dominion hat viel ideales Ackerland«, sagte Angus. »Das ist einer der Gründe, warum Lord Culver seinen Reichtum erlangt hat. Er exportiert die überschüssigen Lebensmittel an seine Nachbarn.«

»Jeder muss essen.«

»In der Tat.«

Caden suchte weiter nach Anzeichen einer Armee oder zumindest nach Spuren, die eine durchziehende Armee hinterlassen haben könnte, aber es gab nichts, das ihm ins Auge fiel. Er fragte sich für einen kurzen Moment, ob er in Bezug auf Lord D'Lance paranoid war, aber er erinnerte sich schnell an all die gegenteiligen Beweise.

Als sie sich Yediff näherten, suchte er die Mauer nach Wachen ab. Er konnte keine sehen, und er fand es merkwürdig.

»Wenn Lord Culver in das Dracan-Dominion eindringt, würde ich annehmen, dass dieser Ort von seinen Truppen nur so wimmelt.«

»Vielleicht war es eine Ablenkung«, erwiderte Angus. »Möglicherweise kommt der eigentliche Angriff von woanders her.«

Etwas Schweres traf Caden am Hinterkopf und er stürzte aus dem Sattel, krachte hart mit dem Gesicht voran auf den Boden. Er rollte sich auf den Rücken, und die Welt drehte sich um ihn. Seine Kopfschmerzen kehrten mit voller Wucht zurück. Angus rutschte aus dem Sattel und stellte sich über ihn.

»Was ist passiert?«, fragte Caden verwirrt.

»Du hättest nicht herumschnüffeln sollen, du verdammter Narr. Burke hätte seinen Mund halten sollen. Das hätte zumindest *dein* Leben gerettet.«

»Burkes Tod war kein Unfall, oder?« Cadens Sicht normalisierte sich wieder, und er griff nach dem Griff seines Schwertes. Angus trat seine Hand beiseite und drückte seinen Fuß auf Cadens Brust, dann zog er sein eigenes Schwert.

»Spar dir den Kampf«, warnte Angus. »Du bist so oder so ein toter Mann.«

23

»Ich dachte, Lord Klodian wäre derjenige in Gefahr?«, fragte Thais.

»Das ist er auch, aber Lord Burgess war Teil eines größeren Plans.«

»War?« Thais' Gesicht wurde blass. »Ist er tot?«

»Nein«, Mina schüttelte den Kopf. Sie wusste nicht, wie sie die Dinge erklären sollte, ohne alles zu offenbaren, was mit Copper passiert war. Sie wünschte, Caden wäre hier, aber daran ließ sich jetzt nichts mehr ändern. Sie müsste Thais vertrauen, so sehr es auch gegen ihre Instinkte ging.

»Ich möchte, dass du schwörst, nicht zu wiederholen, was ich dir gleich erzählen werde.«

»Wem soll ich es nicht erzählen?«

»Niemandem. Das bleibt unter uns.«

Thais sah sie misstrauisch an. »Hast du jemanden umgebracht?«

»Sei nicht albern. Versprich es mir einfach, bevor ich es mir anders überlege. Ich biete dir an, dir etwas anzuvertrauen.«

»Du musst nicht so dramatisch sein. Ich werde nichts sagen.«

Mina holte tief Luft. »Drachen können sprechen.«

Thais' linkes Auge zuckte, aber sie sagte nichts.

»Ich weiß, es klingt verrückt, aber-«

»Ich glaube dir.«

»-hör mir einfach zu ... was?«

»Ich sagte, ich glaube dir.«

Sie starrten sich einen Moment schweigend an.

»Tust du das?«, fragte Mina.

Thais nickte.

»Warum?«

»Ich habe meine Gründe. Was hat das mit dem Hochprinzen zu tun?«

Mina erzählte Thais alles, angefangen bei ihrem Gespräch mit Copper auf der Mesa, bevor der Sandwyrm auftauchte, bis hin zu ihrem Verhör im Kerker. Thais hörte aufmerksam zu und schien von nichts davon überrascht zu sein. Mina berichtete die meisten Details, ließ aber den Teil über die

Bindung zu einem Drachen und das bisschen Geschichte, das Copper ihr erzählt hatte, weg.

»Sollten wir es Lord Klodian sagen?«

»Nein«, antwortete Thais fast sofort. »Zumindest noch nicht. Wir müssen Lady Burgess ausschalten, bevor sie Lord D'Lance Bericht erstattet, falls sie es nicht schon getan hat.«

»Du meinst doch nicht, sie zu töten?«

»Nein, nicht wenn wir es vermeiden können. Kann dein Drachenfreund auch ihr Gedächtnis löschen?«

»Ich kann ihn fragen«, sagte Mina.

»Nachdem wir uns um sie gekümmert haben, können wir all das zu Hauptmann Eduard bringen.«

»Kann man ihm vertrauen? Wir haben gesehen, wie er heimlich mit Lord Burgess gesprochen hat.«

»Ich glaube nicht, dass der Hauptmann ein Verräter ist. Er hat zu jeder Tages- und Nachtzeit Zugang zu Lord Klodian. Wenn er etwas vorhätte, hätte er es längst getan.«

Mina gab den Punkt stillschweigend zu. Sie kannte Eduard nicht besonders gut, aber sie hatte sich entschieden, Thais zu vertrauen, was bedeutete, dass sie auf das Urteil der Frau vertrauen musste.

»Was, wenn er uns nicht glaubt? Wenn Lady Burgess' Erinnerungen gelöscht sind, kann keiner von beiden Lord D'Lances Plan bestätigen.«

»Dann kannst du es ihm als eine von Lord Klodians Beraterinnen direkt sagen.«

Mina wusste nicht, ob er ihrer wilden Geschichte glauben würde, aber solange sie es ihm sagte, wäre ihr Gewissen rein. Sie nickte.

»Was hast du vor mit diesem Ei?«, fragte Thais.

»Ich bringe es dorthin zurück, wo es hingehört.«

»Zu den Drachen. Das macht Sinn, aber ist es sicher? Was, wenn du es übergibst und der Drache dich frisst?«

»Das wird er nicht«, erwiderte Mina.

Thais zuckte mit den Schultern. »Wenn du meinst. Was ist mit diesem Wyrm-Ding? Ist es immer noch da draußen?«

»Ich weiß es nicht. Ich habe Copper nicht gefragt, ob er es getötet hat.«

»Copper, hm? Also haben sie Namen?«

»Ja. Sie sind überhaupt keine hirnlosen Tiere. Alles, was wir je über sie gedacht haben, könnte falsch sein.«

»Was hat deine Meinung über sie geändert?«

Die Frage ließ Mina innehalten. Sie hatte ehrlich gesagt keine klare Antwort. Sie vermutete, es waren viele kleine Dinge, die zusammenkamen.

»Ich schätze, Copper hat meine Meinung über sie geändert«, sagte sie. »Es ist schwer zu erklären.«

Thais blieb stumm, aber Mina dachte, die Frau sähe aus, als wolle sie etwas sagen. Sie wartete, aber Thais sprach nicht.

»Sag es.«

»Was sagen?«

»Was auch immer dir durch den Kopf geht«, sagte Mina.

»Ich fühle mich wohl schuldig.«

»Weswegen?«

Thais seufzte. »Du bist gezwungen, mir zu vertrauen, weil du meine Hilfe brauchst. Ich sollte mich nicht verpflichtet fühlen, aber ich tue es. Nur damit du's weißt, ich genieße das Gefühl nicht. Ich habe mich noch nie auf jemanden verlassen, und ich erwarte auch nicht, es in Zukunft zu tun.«

Mina runzelte verwirrt die Stirn. »Ich verstehe nicht, was du damit sagen willst.«

»Ich werde dich um dasselbe Versprechen bitten. Was ich sagen werde, könnte mich von vielen verschiedenen Leuten getötet werden lassen.«

»Du kannst mir vertrauen.«

Obwohl sie die einzigen beiden anwesenden Personen waren, senkte Thais ihre Stimme.

»Ich glaube dir das mit den Drachen, weil ich es selbst gesehen habe.«

»Du hast gesehen, wie ich mit Copper spreche?«

»Nein. Ich habe gesehen, was Lord D'Lance tut. Ich habe versucht, es Caden zu sagen, als er hier war, aber er meinte, ich sei verrückt.«

Mina war verwirrter als zuvor. Sie öffnete den Mund, um etwas zu sagen, presste dann aber die Lippen zusammen.

»Er hat es dir nicht erzählt?«, fragte Thais.

»Wenn er es getan hat, muss ich es überhört haben.«

»Der Angriff auf Slia wurde von Drachen ausgeführt, aber es war kein Unfall. Lord D'Lance steckte dahinter. Er ist ein böser Mann, und die Dinge, die er tut, sind grausam. Er hat einen Weg gefunden, Menschen und Drachen zu vereinen, aber es ist nicht natürlich.«

»Was meinst du mit 'vereinen'?«

»Er benutzt dunkle Magie, um Drachen in eine Art Bindung mit Menschen zu zwingen. Sie können ihre Gedanken teilen und telepathisch kommunizieren. Slia war ein Test. Er wollte sehen, wie seine Schöpfung als Waffe funktionieren würde.«

Mina erinnerte sich an das, was Copper über die einstige Allianz zwischen Menschen und Drachen gesagt hatte, und über die Bindung, die sie teilten. Hatte Lord D'Lance irgendwie davon erfahren und versucht, es gewaltsam nachzubilden? Sie müsste es Copper erzählen.

»Also hat Lord D'Lance Slia mit Drachen angegriffen? Wie kann er sie kontrollieren?«

»Seine Soldaten kontrollieren sie durch ihre Bindung. Sie sind magisch dazu verpflichtet, den Befehlen ihres Reiters zu folgen.«

»Die Soldaten reiten die Drachen?«, fragte Mina.

»Ja, und Lord D'Lance baut eine Armee von ihnen auf. Er wird sie benutzen, um den Thron vom Hochprinzen zu übernehmen.«

Für Mina begannen die Dinge einen Sinn zu ergeben. Lord Burgess' Mission, Klodian zu stürzen, war Teil eines größeren Plans, und Lord D'Lances ultimatives Ziel war es, die Position des Hochfürsten zu übernehmen. Er brauchte etwas, um die Aufmerksamkeit von sich abzulenken, und Klodian und Lord Culver so erscheinen zu lassen, als würden sie eine Rebellion anzetteln, war diese Ablenkung. Es gab eine Sache, die sie nicht verstand.

»Woher weißt du das alles?«

»Lord D'Lance hat mich hierher geschickt ... als Spion.«

24

Caden starrte zu Angus hoch, wütend auf sich selbst, dass er nicht wachsamer gewesen war.

»Du könntest mich gehen lassen. Ich werde nicht zu den Dracan zurückkehren. Ich werde mein Wissen mit ins Grab nehmen.« Er bezweifelte, dass der Kommandant seinen Worten Glauben schenken würde. Caden blickte zu seinem Pferd. Wenn er schnell genug auf die Beine käme, war er zuversichtlich, dass er sein Reittier erreichen und die Stadt vor Angus erreichen könnte.

»Lord D'Lance will keine losen Enden. Solange du lebst, stellst du eine Bedrohung dar. Aber ich bin nicht derjenige, den du anflehen musst. Es wird nicht meine Klinge sein, die dein Ende bedeutet.«

Angus nahm seinen Fuß weg und stieß sein Schwert nach unten, durchbohrte

verbrannte, würden die Dominions in einen Krieg verwickelt werden. Er joggte am Rand entlang und suchte nach einer Stelle, wo er unversehrt durch die Flammen kommen konnte. Leider brannte das Feuer intensiv und die Hitze trieb ihn zurück.

Während die Flammen alles auf ihrem Weg verschlangen, begann Cadens Hoffnung zu schwinden. Es gab keinen Ausweg. Er würde sterben, bei lebendigem Leib verbrennen. All seine Träume und Ambitionen blitzten in seinem Geist auf, und er verfluchte Lord D'Lance als Narren und Feigling. Er bewegte sich weiter, trotz des Wissens, dass dies das Ende war. Der Wind blies ihm den Rauch ins Gesicht, und er hustete, bedeckte seinen Mund mit der Armbeuge.

Etwas sauste durch die Luft und traf den Boden neben ihm. Durch verschwommene Augen sah er, dass es ein Pfeil war. Ein weiterer traf den Boden einige Meter vom ersten entfernt, und noch einer. Der Rauch war zu dicht, um irgendetwas zu sehen, und er keuchte überrascht auf, als ein Pfeil ihn in die Brust traf. Er durchbohrte sein Kettenhemd und schnitt durch sein Fleisch, traf auf Knochen.

Caden sank auf die Knie und umklammerte den Pfeil. Er wollte ihn herausziehen, wusste aber, dass es keine Rolle mehr spielte. Nichts spielte mehr eine Rolle. Er sah weitere Pfeile durch den Rauch zischen, aber sie verfehlten ihn. Das Atmen wurde schwierig, ob es am Rauch oder an seiner Wunde lag, wusste er nicht.

Er kämpfte darum, aufrecht zu bleiben, aber seine Sicht drehte sich. Caden spürte, wie er fiel, und dann lag er auf dem Rücken und starrte in den grauen Himmel. Dunkelheit begann, die Ränder seines Blickfelds zu füllen, und langsam dämmerte ihm, dass es nicht am fehlenden Sonnenlicht lag. Das war es. Sein Leben entglitt ihm. Er stellte sich Mina in Gedanken vor und betete, dass sie nicht wütend auf ihn war wegen des Kusses, den sie geteilt hatten.

Die Dunkelheit lockte ihn, und er folgte ihr. Als der Schleier des Todes sich um ihn schloss, glaubte er, eine Frauenstimme zu hören, die seinen Namen rief.

Caden ... komm zu mir ...

25

Am nächsten Morgen lag Mina wach in ihrem Bett und dachte über alles nach, was Thais ihr am Abend zuvor erzählt hatte. Die Frau war zur Arbeit für Lord D'Lance gezwungen worden, weil er ihre Eltern als Geiseln hielt. Mina überlegte, Lord Klodian alles zu erzählen, wusste aber, dass er dann Fragen stellen würde, die sie nicht beantworten könnte, ohne Copper zu gefährden.

Sie zwang sich aus dem Bett, gähnte und streckte sich. Sie war müde, wollte aber das Ei so schnell wie möglich zu Copper bringen. Das einzige Problem war, wie sie es transportieren sollte. Aufgrund seiner Größe wäre es schwierig, es zu Pferd zu transportieren, und sie wollte nicht zu Fuß gehen. Mina grübelte darüber nach, während sie sich anzog, dann ging sie hinunter in den Speisesaal und aß schnell etwas.

Während sie aß, sah sie eine der Dienerinnen, die ein Baby trug. Es war in ein Tuch gewickelt, das um den Körper der Frau geschlungen war und ihr die Möglichkeit gab, ihre Hände zu benutzen. Das brachte sie auf eine Idee, und sie ging zu Klodians Schneiderin und ließ sich ein langes Stück Stoff zuschneiden. Die Schneiderin winkte ab, als Mina bezahlen wollte, und sagte ihr, dass Lord Klodians Berater nicht zu bezahlen brauchten.

Es fühlte sich für sie immer noch seltsam an, in einer privilegierten Position zu sein. Sie rollte den Stoff zusammen und ging zum Stall. Aram arbeitete wieder und warf ihr einen Blick zu, der ihr sagte, dass er nicht erfreut war, sie zu sehen.

»Wenn Sie wegen eines Pferdes hier sind, müssen Sie Vesper nehmen. Tempest ist schon weg.«

Mina war enttäuscht, das zu hören, nickte aber. »In Ordnung.«

Vesper war ähnlich groß wie Tempest, aber er war kastanienbraun und schien launisch zu sein. Aram hatte Mühe, das Pferd zu satteln, und als er fertig war, reichte er Mina die Zügel.

»Viel Glück mit dem hier«, murmelte er.

Mina führte das Pferd zu Fuß aus dem Tor und ging zu der Stelle, an der sie das Ei vergraben hatte. Sie war erleichtert zu sehen, dass es noch da war. Sie rollte den Stoff aus, den sie bekommen hatte, legte das Ei in die Mitte und wickelte es ein, dann wand sie den Stoff um ihren Oberkörper und zurrte ihn fest. Es schien fest an Ort und Stelle zu sein, aber sie sprang ein paar Mal, um sicherzugehen. Zufrieden, dass es sich nicht lösen würde, stieg sie in den Sattel und lenkte Vesper in die Wüste.

Als sie sich dem Tafelberg näherten, suchte sie nach dem Körper des Sandwurms, aber es gab keine Spur davon. Mina fragte sich, ob die Drachen ihn gefressen hatten, vermutete aber, dass dies vielleicht nicht der Fall war, da keine Knochen zurückgeblieben waren. Sie konnte spüren, dass Copper nicht auf dem Tafelberg war. Seine Präsenz pulsierte noch immer von der Schuppe aus, aber er schien weit weg zu sein.

Sie vermutete, dass er bei seinen Artgenossen war, und so ließ sie das Pferd am Fuß des Tafelbergs zurück und kletterte hinauf. Es war schwieriger als bei ihrem ersten Versuch, hauptsächlich wegen des zusätzlichen Gewichts des Eis. Als sie sicher oben auf dem Tafelberg war, löste sie das Tuch und nahm das Ei heraus, setzte es auf den Boden. Seine Oberfläche war geschuppt wie die eines Drachen, aber die Schuppen waren kleiner und enger überlappend.

Die Farbe war seit dem letzten Mal, als sie es gesehen hatte, verblasst. Es war einmal kupferfarben gewesen wie die Schuppe in ihrem Bein, aber jetzt war es hellblaugrün. Mina blickte über den Rand des Tafelbergs und bewunderte die Aussicht. Die Wüste war ein harter Ort, aber auch wunderschön. Manche Menschen fanden Trost in den geschäftigen Straßen der Stadt, aber nicht Mina. Sie genoss den Frieden, den die Natur brachte.

Nach einer Stunde Spaziergang auf dem Tafelberg hörte sie Flügelschläge und blickte zum Himmel. Copper näherte sich schnell. Sie eilte zurück zum Ei und wartete darauf, dass er landete. Er stürzte auf der anderen Seite des Tafelbergs herab, berührte den Boden, faltete dann seine Flügel hinter sich und ging zu der Stelle, wo sie wartete.

Du warst diesmal erfolgreich, sagte er.

Das war ich.

Mina hob das Ei auf und trug es zum Drachen, legte es ihm zu Füßen. Copper beugte sich hinunter und inspizierte es, und

Mina nahm den Duft von Orchideen wahr. Sie neigte neugierig den Kopf.

Was ist los?

Dieses Ei wird nie schlüpfen.

Minas Herz sank. *Es ist tot?*

Nicht ganz, aber es ist nicht genug Leben darin, um zu überleben. Schon jetzt kann ich spüren, wie es langsam schwindet.

Es tut mir leid.

So ist manchmal der Lauf des Lebens, sagte Copper. *Trotzdem bin ich froh, dass es zu uns zurückgekehrt ist. Ich habe letzte Nacht mit meinen Artgenossen über die Dinge gesprochen, die ich in Lord Burgess' Geist gesehen habe, und wir sind uns einig, dass das, was dieser Lord D'Lance getan hat, eine Perversion ist und gestoppt werden muss.*

Thais hat mir erzählt, dass er Menschen und Drachen mit Magie zur Bindung zwingt.

Woher weiß sie das?

Es ist eine lange Geschichte, aber sie hat es mit eigenen Augen gesehen. Sie sagte, Lord D'Lance baut eine Armee auf, um sie gegen den Hohen Prinzen einzusetzen. Er will den Thron für sich selbst.

Copper knurrte. *Was wir zu verhindern suchten, entfaltet sich wieder vor uns. Vielleicht lagen wir falsch in unserem Denken. Vielleicht werden Menschen nie aufhören.*

Wir sind nicht alle schlecht, sagte Mina.

Copper betrachtete sie schweigend. *Nein, nicht alle,* sagte er. *Dennoch scheinen diejenigen, die es sind, immer Macht zu haben. Und sie wollen immer mehr davon. Menschen wissen nicht, wie man zufrieden ist. Ich fürchte, die Zeit ist gekommen, dass Drachen Krieg gegen die Dunkelheit führen müssen.*

Krieg? Denkst du wirklich, es wird so weit kommen?

Ja.

Ein Krieg zwischen Menschen und Drachen wäre katastrophal. Es muss einen anderen Weg geben.

Ich fürchte, den gibt es nicht. Die Ältesten haben ihre Entscheidung bereits getroffen. Sie treffen sogar jetzt schon Vorbereitungen.

Unschuldige Menschen werden zwischen die Fronten geraten, protestierte Mina. *Bitte, du musst sie bitten, es noch einmal zu überdenken. Wenn wir einen Weg finden können, Lord D'Lance aufzuhalten und die Drachen von der Magie zu befreien, sollte das doch genug sein, oder?*

Du bittest mich, gegen den Strom zu schwimmen, sagte er. *Die Ältesten sind es leid, Drachen sterben zu sehen, und was Lord*

D'Lance getan hat, hat das Fass zum Überlaufen gebracht.

Dann lass mich mit ihnen sprechen. Mina wusste nicht, warum sie diese Worte sagte. Sie rutschten ihr einfach heraus. Sie starrte zu Copper hoch und betete stumm, er würde es ihr verweigern.

Es gibt vieles, was du über die Bindung zu einem Drachen lernen musst. Als gebundener Mensch stehen dir gewisse Privilegien zu, wie eine Audienz bei den Ältesten. Ich werde dich zu ihnen bringen, aber ich kann nicht garantieren, dass sie deinen Worten Gehör schenken werden.

Obwohl sie Angst hatte, wusste Mina, dass sie wahrscheinlich die einzige Person war, die an einen Drachen gebunden sein könnte. Zumindest nicht gewaltsam. Wenn sie einen Krieg zwischen ihren beiden Rassen abwenden konnte, dann musste sie es sicherlich versuchen.

Ich möchte mit ihnen sprechen, auch wenn sie nicht zuhören werden.

Gut. Es ist eine lange Reise von hier aus, und wir werden tief in die Wüste gehen, wo es für dich nicht sicher ist, aber ich werde mein Bestes tun, um dich zu beschützen. Wir müssen jetzt aufbrechen, sonst könnte es zu spät sein.

Jetzt? Minas Augen weiteten sich. *Aber ich bin noch nicht bereit zu gehen.*

In dieser Angelegenheit ist die Zeit nicht auf unserer Seite. Wenn wir nicht jetzt gehen, wird der Krieg kommen.

Mina blickte über ihre Schulter in Richtung des Schlosses. Sie konnte es von hier aus nicht sehen, aber sie wusste, dass es dort in der Ferne lag. Warum war sie plötzlich mitten in diese Sache hineingeraten? Es lag zum Teil daran, dass sie nicht wusste, wie man den Mund hält, das stimmte, aber sie war ein Niemand. Wer würde schon auf das hören, was sie zu sagen hatte?

Du hast mehr Wert, als du dir selbst zugestehst, sagte Copper.

Das ist schwer zu glauben, wenn man sein ganzes Leben lang das Gegenteil gesagt bekommt.

Vielleicht, aber die Meinungen anderer sollten keinen Einfluss darauf haben, wie du dich selbst siehst.

Sie wusste, dass er Recht hatte, aber das änderte nichts an ihrem inneren Kampf. So oder so war ihre Sicht auf ihren eigenen Wert im Moment nicht wichtig. Es standen viel größere Dinge auf dem Spiel, Dinge, die sie möglicherweise beeinflussen konnte.

Wenn wir jetzt gehen müssen, dann sei es so.

Copper brummte zufrieden und ließ sich nah am Boden nieder.

Klettere auf meinen Rücken, sagte er.

Wirklich?

Es sei denn, du willst in meinen Klauen reisen, aber das wird nicht bequem sein. Auf meinem Rücken zu reiten, ist einer der Vorteile, die ich erwähnt habe.

Mina machte ein paar zögernde Schritte, dann stählte sie ihren Geist gegen ihre Ängste. Sie kletterte auf Coppers Schulter und setzte sich auf seinen Rücken, kaum glaubend, dass das alles real war. Copper nahm das Ei in sein Maul und breitete seine Flügel aus.

Halt dich fest, warnte er sie.

Sie grub ihre Finger unter die Schuppen an Coppers Hals und schloss die Augen. Ihr Magen drehte sich, als sie das Gefühl hatte zu fallen, und dann war die Empfindung verschwunden. Sie blinzelte vorsichtig und sah, dass sie über den Tafelbergen flogen. Es war sowohl aufregend als auch erschreckend. Copper wendete nach Süden, und die Wüste erstreckte sich, so weit sie sehen konnte.

Ich habe Angst, sagte Mina.

Ich weiß, antwortete Copper.

Sie flogen weiter über die Landschaft, in Richtung der Ältesten, der Möglichkeit eines Krieges und vieler anderer noch unbekannter Dinge.

Aber vor allem wusste Mina, dass sie dem Unbekannten entgegenflogen.

Die Reise geht weiter in »Ruf des Drachen«

Die Geschichte geht weiter in Ruf des Drachen

Die Geschichte geht weiter in...
Ei des Drachen

Über den Autor

Hallo!

Ich bin ein Fantasy-Autor, der es liebt, über Drachen zu schreiben. Ich habe über 40 Bücher veröffentlicht und habe vor, noch viele weitere zu schreiben.

Ich hoffe, dass Ihnen dieses Buch gefallen hat und danke Ihnen für die Lektüre.

Sie können mir in den sozialen Medien folgen, um direkt mit mir unter https:www.facebook.com/dragonfirepress in Kontakt zu treten.

www.ingramcontent.com/pod-product-compliance
Lightning Source LLC
Chambersburg PA
CBHW031042310726
48969CB00007B/2076